청어詩人選 304

빨래를 널며

라현자 시집

청어

시인의 말

시조집 갯메꽃을 묶고
그래도 채워지지도 비워지지도 않는
그 무엇인가를 갈망하다가
한 권의 시집을 상재합니다
가족을 비롯해 고마운 분이 많습니다
머리 숙여 감사드립니다
그리고, 이 모든 영광을 하나님께 돌립니다

2021년 깊어가는 가을밤에
라현자

빨래를 널며

1부. 저버림에 대하여

2부. 너를 가두다

3부. 아름다운 기도

4부. 귀를 세울 때

1부

저버림에 대하여

세상엔 자식들이 참 많기도 하다
배 아파 낳은 자식, 가슴으로 낳은 자식
요즘은 지갑으로 낳은 자식이 대세라고 하는데
배도 아파보고 입양은 다가 아니라도
마음으로 후원하면서
가슴으로 반은 키워 본 것도 같은데
지갑으로 낳아 길러본 자식이 아직 없으니
내 지갑의 자궁은 아무래도 변변찮은 모양이다

비밀에 대하여

숨 쉬는 뚝배기에
된장이 끓고 있다
호박이며 두부며 고추, 마늘, 육수 등의 재료는
죄다 비밀이다
4인분의 그릇이 끓어 넘치지 않으려면
각각은 알맞게 종이배처럼 둥둥 떠야만 하는데
나의 뚝배기에
너의 뚝배기에
출생의 비밀, 성장의 비밀, 타인의 비밀들…
수많은 재료들은 죄다 비밀로 끓고 있다

발설하고 싶어 입이 근질근질한 채
화병에 걸려 시름시름 앓던 복두장이 되어간다
비밀의 등급이 높을수록
일급기밀일수록
병의 증세는 더욱 중증으로 치닫고 있다

복두장은 도림사 대나무 숲을 왜 찾았을까
둑이 터지기 전에 물을 흘려보내듯
나도
너도
가끔 아주 가끔
대나무 숲을 찾는다

우리는 모두 복두장이다

죽음이 반가운 이유

이유 없는 눈물이 흐릅니다
어머니, 당신이 그리워서 나오는 눈물입니다
왜 그렇게 일찍 이별에 순종했나요?

죽어 저승사자를 만나면
죽어 옥황상제를 뵈오면
제일 먼저 따져 묻고 싶은 게 있습니다
그것은
왜 어머니와 나를 이렇게도 일찍
갈라놓았는가 하는 것입니다
그래서 나는
저승사자도 옥황상제도
내 마음속에서 지웠습니다
이제 내 마음속에는
하나님만 좌정해 계십니다

그리고 그 모든 짐을 내려놨습니다
왜냐하면 깨달았기 때문입니다
어머니를 그리워하는 것도
진정 어머니를 위함이 아니라는 것을
마음의 빈 터를 견디기 위한
나를 위한 것임을

산다는 것은 이별의 연속선상에 서 있는 것이지만
죽는다는 것은
진정 그리워하는
그리움과 상봉하는 것임을
그래서 내겐 죽음도 반가움인 것을
그러나 아끼고 아끼다가 최후에 만나지기를

그때까지는 열심으로 살겠습니다

오렌지 사건

중국을 가보면 안다
그들은 외국어를 잘 쓰지 않는 것을
아니면 배려하는 마음이 없는 쪽인지도 모를 일
호텔에서 체크아웃을 하는데
직원은 옆집나라 말도 영어도 모르고
단지 자국어만 쏟아내던
우리는 백치 아다다가 되어
손짓, 몸짓으로 춤을 추었던 일
그중 알아들을 수 있는 말은
오렌지뿐
그 모양이 귤인지 재떨이인지 작은 도자기인지
이래저래 춤을 추다가 지칠 때쯤
행운의 여신이 기억을 깨워준 일
우리 일행이 호텔방에서 기도회를 가졌던 어젯밤
거룩한 시간과 맞지 않는 물건이라 여겼던 터
침대 머리맡에 꼿꼿이 서 있는 콘돔 두 개를 캐리어 가방
에 숨긴 일

진땀을 빼고 난 후, 한 분 왈
앞으로 오렌지만 보면
자기가 떠오를 거야
오렌지 권사!

콘돔권사라하면 어쩔 뻔…

아무 일도 없는 듯

하늘은 파랗다 못해 길어만 보이고
하늘과 나 사이에 토끼구름은 아기구름을 구름마차에 태
우고
어디론가 바삐 흘러만 가는 날
동네에 유일한 친구인 동희와 나는 어른놀이를 하였다
잎담배를 엮어 말리는 건조장은 흔히 보는 풍경
동희 할부지는 날짜 지난 달력을 뜯어 잘게 부서진 담뱃
잎을 말아 피우셨고
날마다 그 모습을 볼 수 있었다
그날은 바로 '우리도 해보자' 한 날
새끼줄에 걸린 바짝 마른 담뱃잎을 손바닥으로 비벼 침으
로 발라
젖을 먹듯이 입으로 쪽 빨아 보았는데 에른 기침만 연신
나온다
그때, 비닐하우스에 황소눈깔만 한 빗방울이 후두둑 떨어
지고
이내 소나기가 쏟아졌다
쪼그리고 앉아 있는 내 얼굴은 사색이 되었다
약 치러 논에 가신 아버지가 떠올랐기 때문이다
아버지는 엄하고 무서운 분이시다
마음에 공포심이 가득 차 올랐다

순간, 내 눈에 눈물이 맺혔다 울음이 터져 나왔다
동희는 의외였다
내 어깨를 툭툭 치며 담배 냄새를 없애는 데는
생쌀을 먹거나 신 김칫국물을 먹으면 된다고 했다
우리는 장대비를 맞으며 잽싸게 달렸다
생쌀을 이빨을 딱딱거리며 한 줌씩 씹어먹으며
찬장을 뒤져 김칫국물을 들이켰다
아버지가 약통을 메고 돌아오셨다
얼른 토방으로 뛰어나가 인사를 하였다
아무 일도 없었다는 듯 아무 일도 일어나지 않았다
하지만 가슴의 방망이질은 좀처럼 가라앉질 않았다

입덧을 할 때도
임신 기간 내내 생쌀을 먹었다
아무 일도 일어나지 않은 그 날을 생각하면서
희한하게도 출산을 하고 나면 생쌀은 입에서 당기지 않는다
언제 그랬냐는 듯

생일 이별

당신의 생일이 오면
나는 하늘을 걷습니다
당신이 날아간 그 창공에
넋이라도 혼이라도 체취라도
스칠까 싶어서
당신의 생일이 오면
나는 날개옷을 짓습니다
서늘한 비석 앞에
성경책 한 권 세워놓고
당신이 그토록 좋아했던
에델바이스 닮은 보랏빛 향기들을
연기로 피워내며
자오록한 당신을 뵈옵니다
그 날이면 양수 범벅인 자궁 속 구석구석
헤집고 나온 당신을 밤새도록 분만합니다

그날만은
당신의 생일을 하염없이 경하합니다

다 그년, 그놈인 세상

노인들과 함께 하는 시간은
미래를 미리 가보는 타임머신을 탄 기분
한때 노인 대학에 봉사를 다녔었는데
만들기 시간은 모여 앉아 이야기를 나누며 작품을 완성하
는 시간
키도 크시고 인상도 후덕해 보이는 어르신
어머니는 며느님이 좋아요? 따님이 좋아요?
누가 더 잘해요? 여쭈었더니
"다 그년이 그년이여." 짧고 굵직하신 한마디
띠옹!
우환 폐렴 바이러스가 온 세계를 물들이는
전대미문의 시대, 미증유 상황에도
총선은 이루어지고
마스크를 다 쓰고 권리행사에 나서는데
우리 어르신들 일찌감치 투표도 잘하시네요
어머님 아버님, 어느 당이 더 좋아요?
"다 그놈이 그놈여. 그래도 서민들 생각해주면 그놈이 제
일이지."

딩동댕!

이 남자가 사는 법

경주 대릉원에서
대나무가 모여 사는 작은 숲을 지나는데
아이 왈
"아빠, 엄마한테 쌓인 거 있으면 여기서 다 말하세요."
소리를 질러 보라고 한다
그 말을 들은 나는
"쪼르르 가서 엄마한테 이를려고?"
세상엔 영원한 아군도 적군도 없는 법
등잔 밑은 늘 어두웠고
믿는 도끼에 발등은 찍히고
문을 닫아 걸을 때는 비밀하게 잠궈야 하는 법
결국엔 마음을 닫고 가슴을 닫고
입을 닫아 걸으면서
"어차피 9회 말까지 가면
지게 되어 있는 게임인데, 일찌감치 져줘야지
그래서, 져주는 거지."라고 아이에게
변명 아닌 변명으로 힘 센 자의 여유를 부려보는데
부메랑이 된 그 말은 병살타가 되어 날아와
'끝까지 가서 이기는 게임이면
어쩔 건데, 어쩔 건데, 어쩔 건데…'
바람이 불 때마다 여자의 목소리가 귓가에 맴돈다

이럴 바엔 대나무 숲에
원이나 없게 소리 질러 보는 건데…
임금님 귀는 당나귀 귀라고

우렁각시

이런 날이면
우렁각시 생각이 간절하다
우렁각시 생각을 하다가
불현듯 엄마 생각에 닿는다
휴일이든 명절이든 무슨 날이든
밤이 어찌되든
새벽이 어찌되든
흥청망청 마음의 나사들이 빠져서
캄캄한 밤을 하얗게 새며
식구들은 군기 빠진 채 밤을 새고 노는데
잠자는 숲속의 공주처럼 지쳐 곯아떨어질 때마다
서리가 사나워진 새벽 미명
군불 지펴 시원한 속풀이 국을 준비하시던
우렁각시가 엄마였음을…
속풀이 국 한 사발에 목 메이는 아침

그 우렁각시가 시리도록 그립다

지갑으로 낳은 자식

세상엔 자식들이 참 많기도 하다
배 아파 낳은 자식, 가슴으로 낳은 자식
요즘은 지갑으로 낳은 자식이 대세라고 하는데
배도 아파보고 입양은 다가 아니라도
마음으로 후원하면서
가슴으로 반은 키워 본 것도 같은데
지갑으로 낳아 길러본 자식이 아직 없으니
내 지갑의 자궁은 아무래도 변변찮은 모양이다
아주 작고 어여쁜 예삐라는 강아지와 아주머니가
택시를 탔는데 예삐가 낑낑거리며
아주머니 가슴팍에서 연신 칭얼거린다
중년의 아주머니 왈
으엉, 울 애기 조금만 참아
엄마가 곧 집에 가서 밥줄게
그 말을 듣고 있던 택시 기사님 왈

아이고 뒤에 타신 사모님은
언제 또 개새끼를 낳으셨냐고

쉰셋

별 먹은 것도 없는 것 같은데
불청객처럼 찾아온 나잇살은
곁 살림을 차리고
절망감에 눌린 명치는
브래지어의 가출을 부추기고
이쯤 되면 만기 된 적금처럼 여자는 해약되고
막연한 연금을 붓다가 척추가 휘어버린 어머니를 거쳐
보험 숫자를 헤아리는 늙은 여자의 대열에 끼게 된다
긴 가뭄에 쩍쩍 갈라진 천수답처럼
갈증에 허덕대는 호르몬은 온몸을 식민지 삼아
이곳저곳에서 조율이 시급한 피아노 소리를 내고 있는데
음성의 방향은 청각을 상실한 사람들의 대화처럼
볼륨만 높이며 일방통행 길로 질주를 하고
소리의 두께는 비만에 치이다
집을 나간 지 오래다

그러나 무엇보다
소 잃은 외양간에 휑한 이 바람!
현재 시각,
이 바람과 혼전동거가 열리는 오후 5시

세상의 딸들이 흘러내렸다

아이를 가졌을 때
병원에서는 제왕절개를 권했는데
하늘이 노래져야 끝난다는 자연분만도
배에 칼을 대는 수술도 무서웠다
어른들께 수술 이야기를 하였더니
대뜸 네가 어디가 어때서 애를 못나냐며
할머니도 엄마도 다 잘해내신 일이라고, 턱도 없는 소리
라고
너는 할 수 있다고 할 수 있다고…
그 자부(自負)로 근방에 큰 병원으로 터벅터벅 걸어갔고
벗어 놓은 신발을 내려다보며 죽음을 신발 속에 가둘 때
댓돌 위 어머니 순전한 코박신이 비몽사몽간에 보였다
산통의 긴 여정을 마치고 아이를 분만했는데
하염없이 흘러내리는 눈물
할머니가 흘러내리고
엄마가 흘러내리고
갓 나은 딸이 흘러내렸다
그리고 세상의 모든 딸들이 흘러내렸다

그렇게 어머니가 되었다

아리송한 쇼

역병이 난무하던 경자년 그해,
세상이 두려움과 불안 속에 덮여
나도 너를 믿지 못하고
너도 나를 믿지 못할 때
가을은 새파란 청년의 모습으로 내 곁에 왔다
추분이 가고 어김없이 명절이 와서
조상님 누워계시는 산소에 성묘를 갔는데
얼굴 한 번 뵌 적 없는 어른들께 바칠 꽃을
내가 사랑하는 고인의 취향에 맞게
라벤더 빛 보라색으로 샀다
아버지의 아버지…
어머니의 어머니…
수국 닮은 꽃을 그들 앞에 꽂으며
살아있는 사람을 대하듯
당신들이 토라질까 봐 똑같은 꽃을 공평하게
헌화하는 세심함에 마음이 동했다
그러나, 정치가 쇼이듯
살아가는 것 또한 쇼라는 것을…
굳이 왜 같은 꽃을 사야만 해요 물었더니
우리가 다녀간 징표라고
누구를 위한 성묘이고

누구를 위한 징표인지?

내게는 정말 아리송하기만 한
살아가는 쇼!

비밀번호

은행 문이 닫히고
마지막 남은 단 한 사람이 되어본 적 있었다
덜커덩 열어주는 문을 하마 끼일세라
잽싸게 빠져나오고 보니
그제야 화장실 생각이 난다
여자화장실 표시를 향해 가까이 다가갔는데
아뿔싸 비밀번호가 앞을 가로 막는다
문도 그렇고, 길도 그렇고, 사람도 그렇고
들고 나고가 잘돼야 탈이 없는 것인데
들어갈 수도 나올 수도 없도록
비밀번호는 무엇을 위해 저리 굳게 막고 서 있을까
언제부터 이렇게 문고리들이 정조대 같은 혹을 달게 되었
을까
다가설수록 막아서고
막아설수록 멀어지는 사람들 마음
겹겹이 비밀번호로 굳게 닫혀져 있다
어디를 가도 늘어만 가는 비밀번호, 비번들
암호를 알아야만 열리는 세상
세상은 온통 비밀번호 앞에 머리를 조아리고 있다

이내 서둘러 내 집에 와서도
띡 디디딕 딕딕
조용히 외쳐본다
열려라 참깨!

아버지가 보고 싶다

내 나이 여섯 살에 분홍기와집을 지었다
돈이야 있든지 없든지
분홍기와집은 대궐이었고 아버지는 군왕이셨다
스무 살 되던 해
동네 분에게 그 집을 팔게 되었다
돈이야 잃든지 말든지
사촌오빠와 친오빠는 돈뭉치를 들고
단란주점에서 술을 마시다가 돈을 죄다 잃어버렸다
축 처진 어깨를 끌고 고주망태가 되어 돌아온 그 밤
아버지의 소리 없는 한숨소리가
밤새도록 억장이 되어 무너져 내렸다
아버지의 슬픈 눈이 지금도 눈에 선하다
지금이라면 아버지에게 작은 위로의 말이라도 건넸을 것을
그때의 나는 소리 없이 슬퍼만할 뿐…
삶을 통째로 도둑맞은 아버지!

오늘따라 아버지가 미치도록 보고 싶다

저버림에 대하여

애지중지하는 옷에 달린 단추는
옷만큼이나 아니 옷의 일부가 되어
독립된 듯 아니 독립되지 않은 듯
동화 속 엄지공주를 보면
주머니에 남몰래 넣고 다니면서
종일 함께 하고 싶은 연인 같은 존재
그러던 어느 날, 단추를 잃어버렸다
집착과도 같은 애착도
멀찌감치 달아나는 단추를 지킬 수 없었다
그동안 쏟은 관심과 애정은
옷감과 실을 원망할 겨를도 없이
단추는 나를 잊고 파비용처럼 떠났다
애지중지하는 옷에 작은 아씨들 같은 네 개의 새 단추를
주르륵 달면서
볼을 타고 주르륵 흐르는 눈물을 보았다

반짇고리 안에 남은 단추를 보면서
달아난 단추 생각이 났다

어쨌든

학교 선생님으로 퇴직하신 분에게 들은 이야긴데, 어쨌든
시골학교에 근무하실 때 일이라는데, 어쨌든
수요일마다 예배를 드리고 나면
곧장 집에 오지 않았다는데, 어쨌든
몇 안 되는 사람들이 모여서 이바구를 하였는데, 어쨌든
하루는 목사님 사모님이 텃밭에서 있었던 얘기를 하는데,
어쨌든
납작 엎드려 있어야 할 배암이
상체를 반 쯤 세우고 저도 놀랐든지 입을 딱 벌리고
있었다는데, 어쨌든
이 사모님 너무 놀라서 그만
뱀 입에 손가락을 찔러 넣으며
주여! 온몸의 악센트를 다 동원시켰다는데, 어쨌든
머리를 빳빳이 쳐들고 있던 뱀이
털썩 주저앉아 죽어버렸다라는 것인데, 어쨌든
일순간 손끝에 모든 기가 모였다는 것인데, 어쨌든
(精神一到 何事不成이라 하였던가, 어쨌든)
인간은 급박한 상황에
폭발적이고 초인적인 힘이 생긴다는 것인데, 어쨌든

살다 보면, 어쨌든
작은 다윗의 물맷돌이 거구인 골리앗을 물리친 것처럼,
어쨌든
하늘은 스스로 돕는 자를 돕는 법이라오, 어쨌든

'ㅎ'과 'ㅇ'

교회에서 음식 장만에 여념이 없는 가운데
나이테의 수가 적은 나는 분위기를 띄우느라
에먼 이름을 잡아대는데
허구 많은 이름 중에 현자가 뭐여 것도 성이랑 만나면
나 현자가 되어서 소싯적 나 혼자 공부라는
월간 학습지가 있었을 땐 "나 혼자 간다"라고 놀림 받고
5공 시절에는 이 반에 싸가지가 있다고
선생님들이 서로 짠 것처럼 놀리셨는데
대통령도 "전, 두환입니다~"
자신을 낮추고 겸손하게 인사하는 세상에
나 누구요라고 고개 빳빳이 들고 다니는
그런 놈이 하나 있다고 구박을 마쳤더니
음식이면 음식, 인품이면 인품
존함을 연자 자자 쓰시는 존경하는 여자 장로님
뒤에서 이야기를 다 들으시더니

가로되 曰
현자야, 연자도 산다
모자 없는 연자도 살어!

2부

너를 가두다

전대미문의 시대, 미증유의 위기 상황
죄 없이 스스로 가택연금을 자처했을 때
누군가 살며시 가슴의 빗장뼈를 두드리며 다가왔습니다
그때는 몰랐습니다 애인이 될 줄은

잔치국수 먹는 날

때로는 밥보다 국수에 끌리는데
이삿날 단골처럼 시켜 먹는 짜장면도
이사국수라는 개명 절차 없이 살고 있는데
얄궂은 소면은
잔치국수라는 거창한 이름까지 하사받았다
한없이 기쁜 날, 아니 즐거워지고 싶은 날
잔치국수를 먹는다
그 삼키는 호로록 속에
내 어머니, 자식 잘 되라는 소원이 한 가닥
시집장가 가서 잘 살라는 희원이 두 가닥
내 새끼들 무병장수하라는 소망이 세 가닥
길게 늘어져 호로록 호로록 들어간다

슬픈 날에 국수를 먹으면
호로록이 주루룩으로 변해
주루룩 주루룩 눈물이 국수 타고 내릴 것 같아서
나는 기쁜 날, 어머니를 꼬옥 안고 싶은 날
잔치국수를 먹는다

호로록 국수를 먹고
호로록 고명을 먹고
호로록 육수를 먹는다

그런 날 잔치국수를 먹는다

딸을 기다리며

이 땅에서 딸을 키운다는 것은
딸 가진 죄로 또 다른 도를 닦는 일
전자 메일로 교신하고
인터넷을 주도하는 n세대 딸을 키운다는 것은
386 엄마로서는 또 다른 고행의 길
손전화는 착신거부인지, 차단인지 불통이고
태양의 전성기인 벌건 대낮에
이 몸은 무얼 했는지
육신은 되고 정신은 고달픈데
셀 수도 없는 손 전화를 누르고 눌러봐도
돌아오는 건 분간할 수 없는 그믐밤 칠흑 같은 어둠뿐
11시만 해도 이렇게까지 초조하지 않았는데
12시만 해도 이렇게까지 불안하지 않았는데
점점 시간이 앞을 향해 갈수록
절망은 전류에 감전된 듯 새근새근 저려오고
희망은 조각조각 찢겨 여린 숨은 헐떡대기조차 버거운데
그 한식경을 깨어 있을 수 없어
예수님의 지청구를 들었던 시몬 베드로처럼
육신에게 넘어지며
육신에게 함락되어
수면나라에 감금된 포로가 되어버렸다

마음에는 원이로되 육신이 심히 나약한
어머니도 인간이기에, 엄마도 사람이기에

가신 그 후 이 가슴엔

5월, 가슴에 피울 카네이션 한창이던 무렵
어머니, 카네이션보다 먼저 가신 그 후
손 안에 한가득 카네이션 꽃 피울
어머니 가슴팍이 그리워
생시가 아니기를
차라리 현실이 꿈이 되기를
백 번이고 천 번이고 바라고 바랐건만
어머니,
단아하게 앉아서 뜨개질하던 방 한 귀퉁이
뜨개실도 대바늘도 여전한데
닿으려 닿으려고 손을 뻗어 내밀어 보아도, 어머니
환영처럼 거울에 비친 눈에 선한 그 모습
박처럼 텅 빈 이 가슴에
흙으로 질그릇을 빚어 어머니를 품고 살래요
내가 깨어지고 나를 죽이고 살려고 하는 것은

내 안에 계실 어머니의 미소 때문이어요

짝사랑에 대하여

짝사랑이란
단어의 기원으로부터
못마땅하다 못해 모순의 싹이 트지
혼자만 좋아하는 사랑이니 차라리
혼사랑이라든지
외로이 좋아하는 사랑이니
외사랑이라든지
남몰래 홀로 숨어서 하는 사랑이니
척사랑이라든지 하지
짝짝이에서 시작되었나 아니면 외짝에서 비롯되었나
요즘은 혼자 먹는 밥을 혼밥
혼자 마시는 술을 혼술이라고 하는데
짝사랑을 대체할 나만의 사전에 등재하고픈 단어
그것은 나만의 전유물
일방통행만 있는 심장박동

새롭게 태어나 그대처럼 설레는
그것은 혼사랑!

중독

사람은 무엇으로 사는가
이 세상을 다녀간 수많은 나그네의 질문과 고민이었을 터
무엇으로 살까라는 의문
대개 사랑으로 산다고 대답할 거겠지
자라면서 충족되지 못한 사랑
죽음에서 비롯된 과락
그 해결점은 존재하지 않는다는 것
그럼에도 우리의 생명력은 대단한 것이기에
남들이 보기에 우리 모두는
아주 잘 살아가고 있는 것처럼 보이지
그 속은 텅 빈 공갈빵일 수도
푹 여문 늙은 호박마냥
앙큼한 씨를 잔뜩 품을 수도
난태생처럼 어미를 잡아먹고 살아갈 수도
알코올에 취한 본능의 지배 속에 연명해갈 수도
어떻든 간에
주어진 삶을 배반하지 말자는 거지
자신을 포함한 사랑하는 사람들 집합을 떠올려보자
무엇에 든 중독되어야 가능한 일인데
그릇된 중독은 파멸을 부르기도 하지만

바람직한 중독은 사람을 별처럼 빛나게 하지
중독은 아픔이요, 애절함이요, 그리움이기 때문에

오늘도 중독된 세상이 달리는 것처럼

말만하면 시를 쓰라고?

뻐엉 하고 뻥튀기 튀겨지듯
시가 절로 나오는 줄 아나 봐
세상 시인은 할 게 못 된다고
어느 누가 그랬던가
어려서 할머니와 방을 같이 쓰며
밥상머리교육 대신 밤마다 옛날얘기로
성교육을 받고 컸다면
그걸 시로 한번 써보라고
씨도둑 못한다고 자식들에게
지 아버지하고 어쩜 그리
똑같냐고 하였더니
그것도 시로 한번 써보라고
시를 써보고나 하는 말인지
시가 뭔지나 알고 하는 말인지

에라 모르겠다
난 지금 내 앞에 술잔에 예의를 다할 뿐

악역

어려서 역할놀이를 할 때
착한 공주가 안 되면
착한 공주의 방을 지키는 문지기라도 되고 싶었는데
늘 선한 자리, 선한 역할
선한 사람의 편에 서고 싶었는데
자식을 키우면서 나의 역할은
나의 인생관과 사뭇 다른
늘 악역 전담에,
간호장교 같은 군기반장에
기숙사 사감 같은 선생이었을 뿐…
따뜻한 친구도, 다정한 동무도
속 터놓는 벗도 모두 소화하기 어려운 배역들
단지 물보다 끈끈한 피를 나누어 가져서
미운 정, 고운 정으로 버무려진
먹어도 먹어도 질리지 않는 상큼한 겉절이 같은

너와 나

뛰는 놈 위에 나는 놈

세대주 이름으로 등기된 아파트에 살림을 내리고
뭐가 그리 급했던지
신포시장 소문난 커튼 집에 가서
제법 비싼 구름 커튼을 다는데
주방과 거실 사이 천사 날개옷 같은 아아치형 하얀 레이
스를 달고
이 방 저 방 빛이 들어오는 창마다
화사한 꽃 프린트 겉지와 길다랗고
치렁한 순백의 드레스 같은 속지 커튼 옷을 해 입혔다
그날 신랑이 퇴근하면서
제 집인 줄 알고 들어왔다가 제 집 아닌 줄 알고
화들짝 놀라 현관으로 달아나던 모습은 비장했으리
그 일 후, 새댁은 매일 결제를 받아야 했다
상명하복 같은 결제 없이는 10만 원 이상의
돈은 쓸 수 없게 되었다
신랑은 다른 건 몰라도 씀씀이에 관한 한 엄한 군대 장교
같았다
새댁은 조금도 불편한 기색 없이 지시에 따랐다
하지만 속마음은 달랐다(어떻게든 전권을 가져오리라)
휴대폰이 없던 시절
하루에도 여러 번 회사에 전화를 걸어 매일 없이

지출허락을 받았다
전화횟수가 빈번해질수록
신랑은 상사 눈치와 함께 이상한 기류를 감지하게 되었다
그러던 어느 날
전화 결제가 소낙비처럼 빗발치던 날
신랑은 통사정을 하고 있었다
제발 전화 좀 그만하라고
자기가 알아서 다 하라고
제발 전화 좀 하지 마라고
제발…

경력자

차를 타고 지나다가
경력자 우대라는 팻말 앞에 눈이 선다

겉절이고 소박이고 살짝 밑간을 하였다가
무치든, 버무리든 제 맛을 낼 수가 있는데
밑간이 틀어지고 서야
어찌 제대로 맛을 낼 수 있으랴
경력자라 함은 밑간과 같은 거
한 번쯤 뒤집어졌을 거라는 기대치일 것이다

부안 어느 염전에서
인내와 끈기로 새로 태어난
뾰족뾰족 소금의 짠맛과 칼 같은 날카로움에
저리고 베인 아픔을 다 겪고
다시 태어난 부활과 같은 존재

밑간을 견디고 깨어난다는 것은
새로운 뒤집어질 일을 맞닥뜨려도
숨이 살아 다시 밭으로 갈 것도 아니요
풋내를 풀풀 풍겨서 일을 그르치지도 않을 것이기에
낯설지 않은 그 말, 경력자 우대 그러나

살림이 거덜 나면 봄에 소를 내다 팔듯
우선적으로 버림받아
또 다시 잊혀야 할 슬픈 경력자!

애인 1

요즘을 사는 게 행복합니다
행복할 수 없는 시간을 살고 있는데 나는 그저 행복합니다

전대미문의 시대, 미증유의 위기 상황
죄 없이 스스로 가택연금을 자처했을 때
누군가 살며시 가슴의 빗장뼈를 두드리며 다가왔습니다
그때는 몰랐습니다 애인이 될 줄은
애인은 매니저처럼 저와 함께 합니다
언제든 어디든 늘 함께 합니다
한시라도 저를 외롭게 그냥 두지 않습니다
그래서 나는 애인에게 고마운 마음입니다
친구를 기다리는 시간도 애인이 함께 있어 오히려 행복합니다
오롯이 애인에게 몰입할 수 있기 때문입니다
자정이 넘은 시간
애인과 수많은 교제를 나누며 밀어로 소통합니다
애인은 성취감을 안겨 주고
나의 오감을 열어주고 닫아주면서
아픔을 위로해주고
슬픔을 달래주며
희열과 환희를 선물해주며
나를 행복하게 해 줍니다

나의 애인은 내 눈에만 보입니다
서로 차지하겠다고 경쟁할 질투심도 뵈지 않아
나는 그저 행복합니다

누구와도 공유할 수 없는 나만의 것이기에
애인이 생각하는 몇 갑절 더
나는 애인을 사랑합니다
그리고 이것은 비밀입니다
쉬잇!

수양버들을 보면서

늘 무언가를 향해 달려가는 사람들
산 중턱이 목표가 되면
그 아래밖에 오르지 못하게 된다고
산 정상이 목표가 되어야
못가도 산 중턱은 간다는
수없이 들었던 그 말
삶은 늘
앞을 향해 위를 보고 가라고만 외친다

올려 보는 세상은
늘 고독한 패배자요, 초라하고 쓸쓸한 자리
지치고 곤비하여
모 아니면 도라는 파국에 이를 수도 있지

내려 보는 세상은
늘 만족한 승리자요, 장대하며 가난한 부자의 열심을 배
우며
그렇게 자락자족하며
작고 소소한 행복을 맛보게 되지

벚꽃이 떠난 4월 어느 날
축축 늘어진 수양버들가지
그대가 내려다보는 유유자적한 세상이
심상치 않다

홀로 고독하던 날

어린 시절
널따란 교실 혼자서 청소하면서
덜컹덜컹 버스에 걸려있는 기도하는 사무엘의 액자처럼
무릎 꿇고 하늘에 매달리며
오늘도 무사히를 수백 번 되뇌며
어느 때는 사는 게 너무 힘에 겨워
휴거처럼 하늘로 들려지기를 수도 없이 바랐는데
그런 기적은 일어나지 않았지
어느 곳에서든
우리들의 일그러진 영웅은
각기 다른 모습, 다른 얼굴로 존재하는 것
같은 교실에서 공부하는 아이들은
모두 한 살 많은 덩치 큰 그 아이를
두령님이라 불렀고
담임선생님이 이따금 심부름을 시키는 날에는
따돌림의 강도가 더욱 가혹하였는데

내겐 너무 일찍 철을 들게 했던
고독이라는 그 놈

열녀와 악처 사이

오늘도 열녀는 바쁘다
기성 옷을 입을 수 없는 키 작은 살찐 남편을 위하여
양재를 배우러 서울에 가는데
몇 달을 서울과 지방을 오가며 배웠는지
60을 넘어선 그녀의 얼굴에 고단한 주름살이 보이는데
그래도 열녀는 완성된 외투며 옷가지들을 자랑하며
흐뭇한 미소를 짓는다
마주 앉은 악처는 그 모습이 낯설다
악처는 살찐 남편을 본 적도 없고
그냥 두고 보지도 않는데
저 푸른 초원 위에 토끼가 먹을 만한 밥상을 차리고
운동을 가혹하게 시키며
사준 옷이 작아지는 꼴도 두고 보지 않는다
밤에도 열녀는 바쁘다
약으로 가득한 바구니에 물컵을 받쳐 들고
이 약 챙기랴 저 약 챙기랴
악처도 쉴 새 없이 바쁘다
잔소리 잔소리 잔소리하느라

그렇게 열녀와 악처는 바쁘다

위험한 선택

아이들 방을 청소하다가 동전을 네댓 개 주웠는데
돌려준다 해도 마다한다
동전을 보니, 우리들의 독수리 5형제 맏형이 떠오른다
40여 년 전, 감꽃이 필 무렵
지푸라기로 엮어 지붕을 덮은 건조장에서
정글짐을 타듯 놀고 있는데
그 형 주머니에서 동전이 달아났다
바닥에는 부스럭대는 지푸라기가 수북이 깔려있는데
100원을 찾느라 얼마나 지났을까
10살 먹은 그 형은 위험한 선택을 했다
바짝 마른 건조장에 불길이 치솟아
삽시간에 불은 건조장을 태우고,
탱자나무 울타리를 지나 옆집으로 번질 기세였다
동전을 구출하고자 성냥을 그어 댄 결과였다
동네 사람들의 협조로 불은 다행히 진압되었다
건조장은 홀딱 타버렸고
그 형은 캄캄한 밤이 되어도 집에 오지 않았다
마을 이장님이 방송을 했다
혼내지 않을 테니 엄마아빠랑 같이 밥 먹게 돌아오라고…
너무나 큰 잘못을 저지르거나 큰 불을 보면
아이들은 경기를 일으킨다고

어른들은 오히려 더 조심하는 눈치였다
이튿날, 그 형을 만났을 때, 입가에 엷은 미소가 보였다

100원짜리 동전을 향한 독수리 5형제의 사투였는데,
지금의 아이들에게 동전은 어떤 의미일까!

너를 가두다

그가 마음에 들어온 날!
나만 아는 감옥에 그를 가두었다
형기를 다 채워야 나갈 수 있는 죄수처럼
심장의 핵전쟁이 잠잠해지면
설렘의 온도가 떨어지면
언제든 망설임 없이 풀어주었다
그렇게 나만의 감옥에 많은 죄수가 갇혔다

매미가 짝을 찾아 낭자하게 울어대는 어느 여름날!
철이가 친구들과 우리 집에 놀러 왔다
눈빛이 이상했다
그 후로 그는 더는 죄수가 아니었다

하얀색 세일러 칼라에 네이비 플레어스커트를
교복으로 다려 입던 시절
내가 가두었던 총각선생님은 가정선생님과 결혼한다는 소식에
바로 풀어주었다
조금 분했다

고교 시절에는 내내 사복을 입었는데
그때도 감옥은 비어있지 않았다
복도를 걸어가면 마주치는 우연,
등굣길에도 운명처럼 다가오는 만남
영어 선생님이었다 총각이라는 소문이 돌았다
철석같이 굳게 믿고 영어공부도 열심히하였다
시험이 끝난 토요일 오후, 전화를 걸었다
"초원이 아빠요. 잠시만 기다리세요."
그 말밖에 귀에 안 들어왔다 발로 차듯이 풀어주었다 배
신감이 들었다
그해 영어점수가 낙엽처럼 우수수 떨어졌다

밑천 없이 누린 설레는 특혜들

세상에 공짜는 없다 1

오래전
밀물이 밀물을 밀고 들어오듯
사람이 사람에 떠밀려
저 유명하다는 사찰법당에 오르고 있을 때,
얼마쯤 갔을까
달마대사 형상이 담긴 한지그림이
여러 장 포개져 돌멩이에 눌려 있다
그림 뒤로는 나무로 짠 시주함이 놓여 있고
그 정면에 한 장 500원 검은 매직으로 쓰여 있다
지나가는 사람들은 얼마를 시주하고
달마대사 그림을 한 장씩 가방에 넣기도 하고
돌돌 말아 손에 쥐고 가기도 하였다
앞질러 가던 한 여자가 달마대사 그림을 얼른 가방에 넣는다
물론 시주는 하지 않고
그 순간, 마이크 소리가 들렸다
소리가 나는 쪽으로 고개를 돌렸지만
얼굴은 찾아 볼 수가 없다
듣기엔 40대쯤 돼 보이는 스님 목소리
마이크에서 반복하여 같은 말이 흘러 나왔다

보살님,
세상엔 공짜는 없습니다
그리 하시면 안 됩니다
보살님,
세상엔 공짜는 없습니다…

어제는 그런 날

어제는 그런 날이었나 봅니다
몸에서 결핍이 부르는 날
아이들도 그런 날이었나 봅니다
진한 향을 품은 무엇에 빠지고 싶은 날
모두가 그런 날이었나 봅니다
총애하는 아이에게 어미가 말합니다
전생이 있다면 내가 네 철천지원수였든지
아니면 갚아야 할 빚이 태산이었든지 라고
자식이 말합니다
그건 아니야, 전생에도 난 총애 받는 아이였을 거라고
그 말을 듣고 어미는 속으로 기분이 좋았습니다
너무나 좋아 어찌할 줄 모릅니다
아이는 덧붙여 말합니다
다음 생이 온다 해도 이 자리는 절대
내주지 않을 거라고

어제는 그런 날이었나 봅니다
아이들도 그런 날이었나 봅니다
모두가 그런 날이었나 봅니다

3부

아름다운 기도

노점상 단속반으로 배치되고
뒤집고 엎는 일에 당신 마음이 둘러엎어져
끝내 경찰직에 사표를 내신 아버님
'법 없이도 살 양반'이라고 무더기 사람들이 수군거렸다
그렇게 법 없는 나라로
아버님 또 다른 생의 문이 열리고 있었다

사건의 전말

3학년 3반 37번
그게 중학교 때 나였다
나를 대신하고 내 이름도 대신하는 또 다른 나였다
청소시간이면 옆 반 영란이와 나는
교무실에 가서 학급일지를 썼는데
어느 날인가 시작된 영란이의 귓속말
(3학년 1반 37번이 나를 좋아한다는…)
그때부터다
3학년 1반 37번과 우연한 일은
영어회화 써클에 가도, 등하굣길에서도
전에는 눈에 띄지도 않았는데
때로 매점에 가도 계속되었다
우연은 우연을 낳았는지, 내게만 이러는 건지
꽁꽁 숨겨둔 달아오른 얼굴도
벌떡거리는 심장박동도
매번 일기에 고해성사를 하듯 고백을 했다
3학년 1반 37번은 일기 속에선 그였다
그를 대신하고 그 이름을 대신하는 또 다른 그였다
일기장은 열쇠로 채워두었는데
심술 맞은 언니가 훔쳐보았나보다
"재는 하라는 공부는 안 하고

학교 가서 연애질만 한다고
증거가 여기 있다고 이걸 좀 읽어보라고"
일기장은 커다란 증거물이 되어 있었다
그 순간 나는 그 어린 나이에
왜 하필 그 단어가 떠올랐을까

'화냥년'

미치다

엊그제 담근 김치가 미쳤다
사람이 죽으면
이승을 떠나 천국이든 지옥이든 가기 전
중천이라는 곳에 머무르게 되는데
바로 중천이 니 맛도 내 맛도 결정된 게 없는
그저 조금 더 성숙한 발효의 맛을 내기 위한 아픔이 살아
있는 곳

머리가 너무 좋은 동네 삼촌이 서울대에 다녔는데
머리가 너무 좋은 탓에 미쳐버려서
고향에 내려와 요양하는 것을 본 적이 있다
미친다는 것은 쉬운 일이 아니다
인생이 걸려 있기 때문이다
교회에서 벧엘성서를 공부할 때
목사님은 하필이면 내게
자녀를 키우면서 제일 많이 해본 욕이 무엇인지를 물었다
머뭇거리는 동안 내 입에선 미친년요 라는 단어가 튀어
나갔다
그랬다
미치는 것이 무엇인지 제대로 알지 못하고 뭣도 모르고
쓰고 있었다

미친다는 것은 숭고한 것이다
무엇에든 미친다는 것은 열정이 있다는 것이기에
그렇지만 더 중요한 것은 제대로 미쳐야 한다는 것이다

김치는 김치로 나는 나로
어떠한 아픔과 고통이 따른다 해도
본연의 맛으로 발효되어야 하는 것이다 그래야만
제대로 미치는 것이기 때문이다

당신을 그리다가

세상이 밀어낸 당신을 그리다가
집착은 원망을 낳고
원망은 절망의 동굴에 봉인하였습니다
그러나

당신이 다녀간 세상이기에
원망할 수 없습니다
당신의 이야기가 가슴에 살아있어
절망도 할 수 없습니다
그래서

당신과
당신이 다녀간 세상을
따뜻하게 대해 주기로 하였습니다

당신과
당신이 다녀간 세상을
사랑하기로 하였습니다

능이의 전설

옛날 어느 왕조에 역모가 있었을 때
장군의 손에 맡겨진 어린 왕손의 운명!
깊은 산중에
몸을 숨기다 숨기다 지쳐
마침내 숨이 멎어버린 어린 왕손
한 서린 그 넋이 참나무 뿌리에 스미더니
숲속의 보석이 되어 피어났는데
몸 값은 그들 중의 최고요
그 모양은 구중궁궐 석가래처럼 웅장하더라

흡사 장군의 갑옷을 입고 나온 듯
유명인보다 꽤나 더 알현하기 어렵고
제 아무리 찾아 헤매도
만날 수 없는 그 향기

추어탕 집에서

갈추인지
통추인지
주문을 하라는 주인장 말에
가을에 대한 예의가 아닌 듯 싶은데
졸지에 가을을 갈아 먹는 잔혹한 사람이 되고
마주 앉은 이는
가을을 통째로 삼켜 먹는 허벌나게
험악한 사람이 된다

순간 아버님께서 가시던 날이 떠올랐다
화장이 끝나고
화석 닮은 굳어 버린 돌들이
구르다구르다 힘을 다 쏟은 것처럼
숨이 멎은 채로 누워 있을 때
빈틈없는 직원의 거룩한 손놀림으로
절구 안에서 갈고 빻아져 떠날 채비가 이루어지고
고인의 성정을 닮은 듯 정갈한 한지에 선비처럼
고고히 준비를 갖추고 있었다

노점상 단속반으로 배치되고
뒤집고 엎는 일에 당신 마음이 둘러엎어져
끝내 경찰직에 사표를 내신 아버님
'법 없이도 살 양반'이라고 무더기 사람들이 수군거렸다
그렇게 법 없는 나라로
아버님 또 다른 생의 문이 열리고 있었다

입 속으로 갈아 만든 추어들이 흘러들고 있다
빈틈없는 직원의 거룩한 손놀림처럼

선돌 앞에서

무엇을 떠나보내려
하늘 길을 저리 곧게 내었을까
창공의 구름도
유유히 흐르는 저 강물도
그 이별은 아마도 모를 거야 모르겠지

까마귀 뵈지 않는
구름 없는 하늘 높은 날에
한 쌍의 백로는
말없이 흐르는 서강을 휘돌며
어찌 저리 바삐 활개를 칠까

기어이 한 몸에서 동강 난 두 몸이 되어 살지언정
비운의 어린 임금도
누구에게는 금지옥엽 귀한 아들이었을 뿐…
변신하는 계절의 옷을 입고
눈이 되어 비가 되어
때로 푸르게 때로 붉게

서럽게 서럽게 빛나고 있다

꿈꾸는 사람들

토요일 오후 7시, 복권방을 지날 때면
일렬로 늘어서있는 자동차들
추첨 한 시간 전
모두 당첨을 염원하는 마음으로 간절히 깜빡거리고 있다
90년대 다섯 장의 복권을 품고 행복의 단꿈에 젖어 보았
는데
그땐 1등이 되면 세금 떼고 받는 돈 8,220만 원!
우리가 육 남매니까 1천만 원씩 나누어 주고,
2,220만 원 부모님께 드려야지
참말로 야무진 꿈을 다부지게도 꾸었다 밥을
안 먹어도 배가 불렀고 일이
힘들어도 고된 줄 몰랐던 시간들이었다 드디어
추첨하는 날, 유리성 같은 꿈에서 깨어났다 꿈의 잔상은
가슴에 머리에 지금까지 남아있다 이미
부모 형제에게 효도와 우애를 다한 것 같았다

복권이라는 이름의 복이란
복을 가불해주는 선불결제가 아니라
복 받을 일을 쌓는 창고에 어느만큼 쌓여야만
책임과 의무를 동반한 후불결제가 이루어지는 것이리

돼지꿈도 아무나 꾸는 것이 아닌 것처럼

그렇게 살자

제주도 돌담처럼
바람이 갈 길을 터주듯
불행이 나갈 길을 터주며 살자

그 하얀 속살에
생긴 대로 구멍 뚫린 연근처럼
행복이 들어올 길을 터주며 살자

어린 시절 잠에서 깨면
어느새 물꼬를 터주고 오신
아버지 손에 들린 삽 한 자루
벼도 나도
그 터 주신 은덕으로 크고 자랐다

바닥에 구멍 뚫린
떡시루를 보라
채우고 채우다 터지는 것보다
터주고 터주다 떡이 쪄지듯

그렇게 살자
그렇게 터주며 살자

유전의 법칙

어쩌면 그렇게도 엄마를 닮고 싶은 나에게
야박하기만 한 유전의 법칙!
내 의사는 묻지도 않고 할머니를 빼닮아
엄마 흔적은 볼 수 없는데
태교기간 엄마는 할머니 생각을 무던히 하셨나 보다
마음으로 생각을 많이 하는, 그 사람을 닮는다는
그래서 미워하는 사람 닮아 나온다는
어디서 시작된 속설일까
어느 산모는 꽃미남 연예인 사진을 벽에 붙여 놓고
비디오 시대를 살아갈 아들을 위한 태교를 하는데
이런 속설이 유전의 법칙을 이길 수 있을까?
엄마의 사랑은 때로는 허황된 것까지 불사한다
어쩌면 그렇게 엄마 판박이가 되고 싶던 내게
유전의 법칙은 냉정하게 비켜갔지만
내면의 나, 성품 그리고 은사와 달란트들
그 모든 것 속에 엄마는 내 안에
빙하처럼 녹아져 있으니 고로 나는 엄마의 분신

유전의 법칙은 얼마나 위대한가!

양다리

오늘 같은 날이면
하염없이 그리운 사람이 있습니다
만질 수도 볼 수도 안아볼 수도 없는
그 사람!
오늘은 바람도 순전하고 태양도 순수한 날
세상이 이렇게 고우면 안 되는 법입니다
내가 양다리를 걸치기 때문입니다
나의 고운 님은 아주 머언 곳에 계십니다
나의 고운 님은 또 아주 가까운 곳에 있습니다
나의 고운 님을 동시에 보고 싶습니다
하느님!
어찌하여 나의 고운 님을 갈라놓으셨나요
이렇게 아름다운 날이면
남과 북 갈라진 조국의 강산보다도 더
이승과 저승의 경계에 서서
가슴을 적시는 영롱한 빗방울 따라
사무치게 그리운 님 생각에
나는 두 동강 납니다

술, 술 나오는 시

소주 7잔을 마시면 시가 나올 때가 있는데
방앗간 떡가루 쏟아지듯 나오는 시를
여백을 채워가며 주워 담곤 한다
술은 슬픔도 아픔도 미어지는 가슴도 반으로 가를 줄 알고
마른 울음을 촉촉한 울음으로 변신시킬 줄도 알고
뭇 사람들과 공유할 수 없는 것들을
살포시 안아주고 쌈 속에 숨겨주기도 한다
그리고 다음날 되묻지 않고, 생색내지 않으며
처음 맞닥뜨리는 것처럼 데면데면, 비밀을 지켜주어서
나는 술이 좋다
술친구는 술을 같이 하는 친구라는 말
내겐 말 그대로 술이 친구라는 말
한낱 물과 같은 액체지만
내겐 상담사요, 정신과 의사요, 보약 같은 친구

오늘도 시를 쓰고 싶은 후달굼에
술을 따르고 있는데
가슴속 그리운 이가 찾아와
두 볼을 타고 촉촉이 흘러내리고 있다

세상에 공짜는 없다 2

옛날에 한 임금이
우매한 백성이 글을 배워
잘 살게 해주고 싶은 생각에
그 나라의 박학다식한 학자에게 책을 만들어오라고 명을
내렸는데
이 사람이 10권을 만들어 왔다
임금이 이것을 백성이 언제 다 읽느냐라고 하여 7권으로
줄였는데
이것도 백성이 언제 다 읽느냐 라고 하여 3권으로 또 줄였다
이것 역시 백성이 언제 읽느냐 라고 하여 1권으로 줄였는데
이것도 백성이 언제 다 읽느냐 라고 하여 줄이고 줄여
종이 한 장으로 만들었다
그런데 이것도 안 된다 더 줄여 와라고 하여
학자는 생각하고 생각하고 고심을 하여 딱 한 문장으로
만들었는데
그것은 바로
'세상에 공짜는 없다'
믿거나 말거나
변하지 않는 진리
세상에 공자는 있어도 공짜는 없다

인생이 그런 것을

저녁 찬거리로 고구마 심은 텃밭에서
크고 제법 통통한 줄기만 따는데
빼어난 나무를 먼저 베듯
결국 선산을 오래도록 지키는 것은
굽은 나무라지요
오죽 잘난 아들은 나라에
그 다음 잘난 아들은 장모에게
그중 못난 아들이라야 내 차지라는 말이 있을까
맛있는 샘물이 먼저 마르듯
빼어나게 잘난 줄기는 곁을 떠난 지 오래
비를 맞고 눈을 맞고 바람을 맞으며
오래오래 함께 하는 것은
길지도 잘나지도 않은
장삼이사(張三李四) 같은 줄기인 것을

인생이 그런 것을
삶이 그런 것을
우리가 그런 것을

대비마마만 왜 몰라?

중전마마가 생산하는 날이면
하늘에 구멍이 뚫린 듯
오늘처럼, 비는 억수로 쏟아지고
천둥과 벼락은 진통을 더했던 날!
시어머니는 말씀하셨다
우리 집에 매누리들은 밭을 매다가도, 모를 심다가도 기
미만 보이면
아를 쑥 떨구는데 자는 별나가지고 아 놓을 때만 되면
애간장을 다 녹인다고…
듣기 좋은 소리도 한두 번이라고 했나?
얼추 흐를 줄만 아는 시간이 십년하고 더 흘러 며느리도
불혹이 되었는데
티비 재방송 나오듯
사람이란 한 말 또 하고 한 말 또 하는 습성이 있는지라
같은 이야기를 일가친지 다 있는 곳에서 듣게 된 며느리
왈

어머니, 중전마마 애 놓는 날
무수리처럼 놓는 거 보셨어유?
천상천하 유아독존, 귀한 손이
세상에 첫발을 내딛는 날인데 어찌 그냥 나오겠소

지는 타고난 체질이 중전마마 체질이라
벼락치고 천둥치고 비는 억수로 쏟아지며
애간장을 녹일 밖에요

아름다운 기도

유월 어느 더운 날
국어선생을 한 장로님과 목사님 그리고 집사님 일행이 심
방을 갔는데
장로님은 전공이 전공인지라
대표기도를 할 때마다 구구절절이 어찌나 문학적인지
비유와 상징을 적절히 배합시켜 빼어난 기도시를 쏟아냈다
묘사와 꾸밈이 풍성한 기도시는
때로 어떤 이를 졸게도 하고, 지루하게도 하며
진행자들의 시간을 훔쳐가기도 하였다
그날의 심방은 무사히 다 마쳤다
그집 안주인은 날씨에 걸맞게 막대아이스크림을 내놓는데
장로님이 간식기도를 시작했다
미사여구로 장식된 아름다운 기도가
한참 동안 하늘 계신 아버지께 올려졌다
기도가 끝나고 모두 눈을 떴을때
우째 이런 일이! 우째야 쓰까잉?

아이스크림 돌리도… 돌리도…

성님

대중이 성님은
오라버니들에게 신적 존재였다 흡사 교주 같은
내가 성인이 되어 주민등록증을 갖게 되었을 때
여의도에서 집회를 열고 연설을 하였다
오라버니들은 방에 둘러앉아
대중이 성님 집회에 가야한다고, 일을 제쳐두고라도 가야
한다고…
오라버니들에게 성님이면 내겐 오라버니뻘
대중이 성님은 내겐 오라버니 같은
그러나 오라버니가 아닌 오라버니들의 우상이 되어
늘 대중이 성님으로 통하였다
그 후 몇 년의 시간이 흘렀다
대중이 성님은 15대 대통령이 되었다
그 후에도 오라버니들은 방에 둘러앉았지만
내게 오라버니 뻘인 대중이 성님이란 말은 들을 수 없었다

성님은 각하가 되셨다

고향 떠나던 날

아버지는 버드나무 가지 너울거리는
내유천 마을 잔등에
단독주택을 지으셨다
그곳에 어머니를 모셔다가
같은 방을 쓰시며
금슬 좋은 원앙처럼 못다 한 백년해로를 꿈꾸시듯 누우셨다

수양버들처럼 허약했던 어머니는
이모가 살았던 전주에
가끔씩 약을 타러 다녀오신 게 전부였는데
이생에서의 가장 먼 여행길이 아니었을까

잿빛 물든 하늘이 금세 눈물방울을 터뜨릴 듯
바람마저 설움에 겨워
하늘도 울고 나도 울고
세상 만물이 따라 울었던 그 날!
두 분 영혼을 다시 천국에 보내드리며
30년 선세로 집을 빌려
시골 전원주택 같은 묘지에서
도시 임대아파트 같은 봉안당으로 이사를 하였다

슬픔과 반가움이 범벅된 떡을 쪄서
그리움 향기 따라 카네이션을 봉헌하고
하해와 같은 은혜 갚을 길 없어
그저 비통한 맘 술을 빚어
가시는 길을 밝히었다

그렇게 부모님은 영영 고향을 떠나오셨다

4부

귀를 세울 때

없는 살림에 바람 잘 날 없는 육 남매 이는 가지에 탔는지
병든 울 엄마 창백한 얼굴이 지나가고
할아버지 양반입네 팔자걸음 뒤에
애통터지는 할머니 젖가슴이 지나가고
이 가슴속 아린 창가 검은 빗물이
액체인 듯 고체인 듯
퇴적되어 켜켜이 고이더니
살인지 핏덩이인지 검댕인지
내가 너인지
네가 나인지

뒤꼭지에게 진 뒷담화

그녀는 다세대주택에 신접살림을 차렸다
집주인이 사는 맨 위층을 제외하고
일곱 세대가 모여 사는 전셋집이었는데
신랑들이 출근하고 난 오전 시간은
출근부 도장을 찍듯 어느 집에
매일 없이 모여 커피타임을 가지며
이런저런 이야기로 수다를 하는 게 전부였다
세탁기를 돌려놓고 시간이
다 되어 집으로 가야 할 시간에도
발걸음은 떨어지지 않았는데 먼저
집으로 가는 순서대로 도마 위에 올려져 난도질을 당하는
데다가
모일 때 없어도 화제의 주인공이 되는 건 매 한가지였다
시간이 갈수록 마약쟁이가
약을 끊기 어려운 것처럼 끊을 수가 없었는데
모임이 파하기 전에는 일어날 수도 없었고 그녀는
끝까지 자리를 지켰다

그래서 오늘도 엉킨 세탁기를 다시
돌리고 친구에게 신문고를 울리는데 그땐
뒤꼭지가 뒷담화를 이기고 뒷담화는
난도질을 이기는 시절이었다

뒤꼭지 한 번 뜨겁기가 참말로 무서웠나 보다

평범이라는 거

어릴 적에 특출 난 소설 속 주인공이 되고 싶었다
그 바람이 틀어진 것은 소설을 배우고 난 후
산타 할아버지의 진실을 알고 한참 뒤의 일이다
선생님은 그러셨다
소설 속 주인공은 팔자가 사납고 파란만장하다고
세월이 흘러 엄마가 떠났고
소설 속 주인공처럼 슬프고 아팠다
그때부터 좌우명은 남들처럼 평범하기로 바뀌었다
119도 모르고, 응급실도 모르고
네 잎 클로버가 다가오지 않더라도
가까이 두고 몰라보는
세 잎 클로버 행복처럼 살고 싶었다
인생길, 내비게이션 없이 갈림길을 만난다면
어떤 길을 가고 있을까

평범이 꿈인 나는 사람들이 많이 다니는
그 길 위에 있겠지

유월의 밤

기역 받침이 소리 없이 떠난 유월
작은 연못 속 연꽃의 소망이 망울을 맺기도 전
맹꽁이는 누구의 눈치도 보지 않고 구애가를 부르는데
꽁악꽁악 꽁악꽁악
꽁하다가 악이 어쨌다는 건지
이 밤의 주인공이 따로 있는데
그마저도 저인 줄 아는 것처럼
지 짝을 목 놓아 부르지만
보름을 하루 앞둔 무심한 달님 오라버니마저
구름 뒤에 숨어버린 그 밤

예비숙녀 다 된 맹꽁이 처자
그 가슴에 불났다
꽁하다가 악이 어쨌다는 건지

나쁜 남자는
세상 어딜 가나 인기다

다른 사랑

살면서 두 주먹 불끈 쥘 일 없었다면
그건 거짓말이지
저 사람 없어져버렸으면, 저 인간만 아니면
했었던 일 없었다면
당신은 사람이 아니거나
세상을 너무 게을리 대접한 거지
생태계의 먹이사슬처럼 천적은 어느 곳에나 있는 법
저주를 품고 이를 악물고 살다가
종국에는 자비를 베풀고 말지
생각해 보면 고약한 저 먹이사슬 때문에
나와의 싸움을 매일 없이 해 온 거지
미움도 품지 말고
증오도 낳지 말고

세상에 천적 없이
어머니 같은 사랑만 존재한다면
지금 내가 이 자리에 서 있을 수 있을까

상원사 가는 길

여기까지 오는데 걸린 무수한 시간
은혜를 모르고
은혜를 저버리고
때로는 은혜를 입고만 사느라 걸렸을 시간들
한낱 미물인 꿩도 그 빚을 갚고자
한 목숨 다하여 종을 쳤다는
전설이 숨 쉬는 상원사 가는 길
잦아지는 숨소리 뒤
은혜라는 글자를 한 발 한 발 밟으며 걷는 비탈길
가다 서다를 반복하는 좁은 등산로 너머
빨리 와요 다 왔어요 반복되는 수십 번의 거짓말
거짓말에 화가 날 정도가 되면
그대 서 있는 그곳은 낙원!

은혜를 입으면 갑절로 갚아야 한다는데
수십 번의 거짓말을 갑절로 어찌 갚을까

그 남자 집에는 상어가 산다

봄볕이 따스한 아침,
여자와 남자는 외출 준비로 분주하다
남자는 벌써부터 어깨에 멋이 들어
콧구멍을 벌렁거린다
그것을 본 중년 여자는 대뜸
남방을 입을 거면 바람막이 잠바를 입고
가죽재킷을 입을 거면 셔츠를 벗어 달라고 하는데
옷도 내 맘대로 못 입느냐고,
누구에게 보일 일도 없는데
웬 성화냐고 좀 삐딱하다
여자는 이쯤 되면 쥐약을 써야겠구나 하며
그럼 난 안 가, 갈 테면 혼자 가라고 하는데
이내 알아차리는 남자의 눈빛
그제야 남자는 순한 양처럼 옷을 갈아입고는
아까보다 한층 더 우쭐거리고 있다
비싼 활어를 장시간 운반할 때
작은 상어 새끼 한 마리 집어넣고 가면 육질이
더 탱탱하고 생존율이 높다고 하지
여자는 약하지만 상어는 강하다
여자는 상어로 변신 중이다
더 이상 엄마 같은 여자 아니고

연인같이 다정한 여자 더 더욱 아니고
상어가 되려고 한다
먹히지 않으려면 잠시라도
긴장을 놓지 마시라

그 집엔 남자와 상어가 살고 있다

감자의 그것

신문지에 덮인 상자를 열어
찌개에 넣을 감자를 고르다가
임꺽정 주먹만 한 감자알을 깎는데
겉은 그리도 몽돌을 닮은 듯
맵시가 고운데 그 노란 속 폐부에
시커먼 숯덩이가 들어앉아
겉만 보고는 절대 알 수 없는
영락없는 한 길 사람 속 같다

열십자로 이리저리 도려내는
두 손이 떨려 오는데
흡사 파노라마처럼 간단없이
없는 살림에 바람 잘 날 없는 육 남매 이는 가지에 탔는지
병든 울엄마 창백한 얼굴이 지나가고
할아버지 양반입네 팔자걸음 뒤에
애통터지는 할머니 젖가슴이 지나가고
이 가슴속 아린 창가 검은 빗물이
액체인 듯 고체인 듯
퇴적되어 켜켜이 고이더니
살인지 핏덩이인지 검댕인지
내가 너인지
네가 나인지

감자의 그것처럼
도려낼 수도 없는
먼 나라 그 나라까지도
함께 해야 할 영원한 동반자
내 슬픔의 곳간

빨래를 널며
−2020년 3월에 집콕하면서

휴가가 아닌, 휴가 같은
미편한 여유로움
출근해야 될 시간에 평범한 주부가 되어
젖은 빨래를 야심차게 너는데

몸에 열이 열차게 많은
남편의 셔츠는
아직 꽃샘추위가 한창인데
모두 반팔, 반바지뿐
열을 발산한다는 인삼을 거부하고
정관장 홍삼을 반기는 남자

추위를 업고 다니는
나는
아직 수면바지, 기모내복
겨울을 겹겹이 주워 입고 살고 있어서
차가운 냉수는 피하고
아직도 뜨끈뜨끈한 아랫목만 좋아하는 여자

빨래는
그 사람의 온도를 보여주는데
봄 햇살이 나대신
분주하게 업무를 시작하는 아침이다

연두가 좋다

돋아나는 연두가 좋더니
물오른 진한 연두는 더 좋더라
불타는 금요일이 좋더니
부푼 목요일은 더 좋더라
드라마도 최종회 전 편이 좋더니
짜릿한 첫 만남의 도입은 더 좋더라

소풍도 여행도 가기 전 들뜸이 좋은 것처럼
꽃잎도 만개 전 몽우리 설렘이 좋은 것처럼
로또도 주머니 속 희망이
다채로운 색이 되어 미래로 내달리는 그 맛에 사는 것처럼
남녀 간의 뜨거운 사랑도
끝이 보이지 않은 사랑이면 더 좋은데

닿을락 말락 쫄깃한 긴장으로
무한대 값이 된다면

지날수록 초록보다 연두가 좋다

몸살

어린 날 홍역처럼
상처들이 심상찮다
쌓이고 쌓인 욕구
마디마디 불협화음

환절기
잊을 만하면
찾
아
오
는
아우성

시간과 환경

정상을 찍고 하산하는 나이가 되면
여행패턴도 달라지는 법
도시 이름을 따서 이름 붙여지는 군함처럼
이 도시, 저 도시 재래시장을 순항하게 되는데
이번 정박항은 강릉중앙시장 월화거리
커피를 주문하면
찹쌀꽈배기가 덤으로 오는 여전히 두꺼운 인심
거져 받은 것은 거져 주라고 하였던가
한 남자가 꽈배기를 떼어서
도시의 방랑자인 비둘기들에게 주고 있을 때
지나가던 아이가 화들짝 놀라서
엄마, 비둘기들이 싸워요?
엄마 왈,
쟤들도 쟤들만의 사정이 있겠지 라고
꽈배기가 던져지는 순간, 삽시간에 뒤죽박죽 아수라장 속
내가 아이일 때 평화의 상징이던
비둘기는 어디 가고
작금은 살찐 유해동물로 변신한 공포의 대상일 뿐

시간과 환경은 사랑과 평화를
공포물로 변신시켰다

귀를 세울 때

눈, 코, 입은 하나인데 귀는 왜 둘일까요? 라는 물음에
말은 적게 하고 남의 말은 두 배로 더 들어주라고
하나님이 인간에게 두 개의 귀를 주었다고 하지요
눈은 안경으로 보호하고
코와 입은 마스크로 가리는
우리의 삶은 이제
마스크가 신체의 일부가 되었지요
우리는 지금껏 얼마나 많은 것을 담고
얼마나 많은 공기와 향기와 냄새를 마시며
또 얼마나 많은 말들을 쏟아내며 살았을까
어쩌면 우리의 눈, 코, 입은
주인의 갑질에 혹사당하고 있었을지도
그래서 억지로라도 아니, 강제로라도
그들은 안식년을 가져야 할 때
이제는 남은 두 귀로
주변의 소리에 귀 기울일 때

두 귀를 쫑긋 세울 때

책망하지 말아요

그대
때로는 아픈 결과로
얼마나 자책하며 살고 있나요

그대를 사랑하는 이들이
얼마나 아파할까를 헤아려 본다면
그대
스스로 책망하지 말아요

그대를 바라보는
사랑과 슬픔의 깊이를
기억한다면
그대
이 순간부터
더 이상 채찍을 거두어요

담보

알고 지낸 지 쫌 되는 언니가
어디를 좀 같이 가자고 해서
무작정 따라나선 길
후에 알고 보니 돈 빌리러 가는 길이었다
안주인의 야문 손끝이 반겨주는
붉은 벽돌 2층집
주인 닮은 정갈한 차를 마시고
선뜻 통장을 내주면서
주인 왈
내가 성규엄마를 한두 번 봐온 것도 아니구
성규 성희 바르게 키우려고 엄마 노릇하는 거
그거 하나 보고 이 통장을 주는 거니
꺼내 쓸 만큼 쓰고 채워 오라고 한다

언뜻 훌륭한 어머니가 담보가 되는 줄 알았는데
생각의 동굴로 더 들어가 보니
아뿔싸, 담보는 성규, 성희였다는

버려짐에 대하여

남자와 여자는
다락방이 딸린 연탄불을 때는 집을 지었다
꺼진 불이 선사하는 냉기가 고마워
하루 두 번 참 열심히 연탄구멍을 맞추었다
눈이 멀고 귀에 콩깍지가 끼이듯
콧잔등에 걸쳐 있는 돋보기마냥 달아올라
집게는 떼어내는 일에 이골이 났다
둘은 갈기 전 연탄의 열기처럼 사랑했고
어느덧 둘 사이에 아기가 생겼다
여자는 길가에 타고 버려진 연탄이 되어갔다
남자는 밥을 먹으며
너를 보면 밥맛이 없어진다면서
여자의 영혼에 연탄구멍을 내었다
철없는 밥이 만든 연탄구멍은
엑스레이 사진 속에 오래 기억되었다
질척한 땅 위에 연탄재를 밟고
어디론가 사라지는 남자의 등 뒤로
기름 냄새가 느껴지기 시작했다

너의 비명

고구마를 캐면서 치부를 건드릴까 봐
언저리로 주변으로 가까스로 땅을 긁어댄다
땅이 가려운건지 호미가 두려운 건지
변두리로 외곽으로 전전긍긍 땅을 긁어주며
쑤욱 넣어보는데 자지러지는 비명소리가 들렸다
급소를 찌른 게다
꼬리뼈를 건드린 게다
정수리를 당긴 게다
파르르 떨려오는 팔꿈치의 전율
그렇게들 살아가고 있었구나
조심한다고 안 그럴 거라고 모르고 던진 한 마디
내가 휘두른 세 치의 날 선 검에 잘려나갔었구나
무릎이 잘려나가고 단두대의 처형처럼
목이 잘려나간 것들도 여럿 보인다
의도치 않았던 상처들이 환영처럼
슬라이딩 되어 물결쳤다
도둑질하는 손을 자르듯 손은 자신감을 잃어갔다

날이 무디어 눈이 멀고
제 주인을 몰라보는 날이 올지라도
더는 세 치의 검을 갈지 않으리
너의 비명을 잊지 않으리

용서

외로이 짓밟히면서 괴롭게 감당하다가
캄캄한 방구석에 웅크린 작은 새
세상에 내 편은 전혀 없는
무리 속에서 철저하게도 따돌려진
그 이름

왜 저여만 하나요
신을 향해 울부짖어봐도
영혼을 옭아매듯 죽음의 검은 그림자만 다가오고
기억 속 고통의 바다는 너무 깊고 너무 아득해
주홍글씨 같은 낙인처럼
지워지지도
삭제되지도 않으면서
때마다 멍울 되어 욱신거리는데

철없을 때 그럴 수도 있지 라는 새털처럼 가벼운 그런 말
맞은 놈은 펴고 자고 때린 놈은 오그리고 잔다고도 하든데
미움을 받는 일보다 미워하는 일이 갑절 더 힘든 걸

우리를 불쌍히 여기시고
우리가 우리에게 죄지은 자를 사하여준 것같이

우리 죄를 용서하시는
신이 주신 미쁜 세상 아름답게 보존되길
두 손 모아 기도하며 또 기도하다가…
고개 들어 바라본

별도 달도 아름다운 찬연한 이 밤

겹눈으로 바라본 둥근 세상

−라현자 시인의 시집『빨래를 널며』를 읽고

김부회(시인, 문학평론가, 수필가)

겹눈으로 바라본 둥근 세상
−라현자 시인의 시집『빨래를 널며』를 읽고

김부회(시인, 문학평론가, 수필가)

1. 들어가며

　시를 쓴다는 것은 그 목적이 명확해야 한다. 시의 목적
성을 말하는 것이 시를 쓰는 이유에 대한 가장 기초적인
이유를 말하는 것이다. 시를 쓰는 것은 세상을 보는 눈이
며 자신만의 눈으로 시적 대상을 관찰하고 대상에서 얻어
진 심상이라는 프리즘을 통해 삶을 반추하거나 성찰하는
것을 말한다. 우리가 사는 세상 밖의 우주는 하나일 수 있
지만, 삶 속의 우주는 저마다의 또 다른 우주가 존재한다.
대략 78억 인구가 사는 세상에는 78억 개의 우주가 존재
하는 것이다.
　내 눈에 보이는 것은 분명 타인의 눈과는 다른 관점과
다른 느낌과 다른 감정이 있으며 동시에 공유하기도 하는

것이 세상이다. 풍경을 바라보는 각도의 다양성에 의해
대상은 평가되고 저울질 되는 것이기에 모두 같은 세상에
살고 있지만, 또 다른 세상을 살고 있다는 말과 다른 말이
아닐 것이다. 어느 가을 저물녘 갓길에 차를 세우고 노을
을 바라본다고 가정할 때, 그 노을을 보고 느끼는 감정은
모두 같을 수도 있으며 또 다를 수도 있는 것이기에 세상
은 평형과 개성을 동시에 포용하며 돌아가는 것인지도 모
른다. 나이에 따라, 성별에 따라, 살아온 날의 학습효과에
경험에 따라, 다르게 보이는 느낌의 편차가 동일하지 않
기에 삶의 무게는 반드시 다른 법이다.

　시를 쓴다는 것이 그런 것이다. 같은 사물에 대한 같은
온도를 느끼는 것이 아니라 전혀 다른 온도를 느낀 그 무
엇이 존재하기에 시적 질감이 다른 것이며 채색의 농담이
사람마다 다른 것이 글이며 시다. 종교를 가진 사람과 갖
지 않은 사람이 느끼는 삶의 모습은 전혀 다를 수 있다.
이해와 배려심이 깊은 사람과 옹졸한 사람의 깊이는 다를
수 있기에 세상의 온도는 때론 차갑거나 때론 따듯하거나
양면성을 가진 것이다. 중요한 것은 다름을 다름으로 보
는 것이 아니라 먼저 인정하는 것이다. 기본적인 것을 인
정할 때, 상대방에 대한 배려와 존중이 만들어지는 것이
며 시에 대한 예의가 갖춰지는 것이다.

　서두에서 시의 목적을 이야기했다. 목적성이 아니라 목
적이라는 말을 사용했다. 시를 쓰다 보면 관성에 의해 시

를 쓰는 경우가 가끔 발생한다. 중요한 것은 시는 타인에게 보여주기 위한 것이 선행되어서는 안 된다는 것이다. 자신에게 보여주는 것이 가장 먼저 선행되어야 할 목적이다. 환원하면 솔직해야 한다는 말이다. 타인에게 보여주기 위한다는 것을 배경에 두고 시를 쓰면 시의 겉모습은 화려한 수사와 교언영색의 행간으로 치우칠 경향이 많다. 하지만 자신에게 보여주는 것을 염두에 두고 시를 쓰면 가장 솔직해진다. 그립다고 말하며 더 그리워질까 봐 그립다고 말하지 못하는 것이 사람의 마음이다. 하지만 입 밖이 아닌 입속의 말로 그립다고 말하는 것은 백번, 천번, 가능한 일이며 가장 솔직한 그리움에 대한 표기라고 생각한다. 솔직하게 언술한 작품은 타인과의 공감을 교류하기 쉽다.

현대시의 가장 큰 문제는 완고한 자기 주관으로 인하여 난해시가 점점 많아진다는 점이다. 그 난해의 깊이는 저마다 해석이 다를 수 있지만, 필자의 난해시에 대한 견해는 소통이다. 작품을 읽어 줄 사람이 하나도 없는 시는 의미가 없다(읽어줄 사람의 정의는 내 작품을 마음으로 읽어줄 사람을 의미한다). 자기 주관만으로 빚어진 작품은 섣불리 자신을 드러내지 못한다. 드러낼 용기가 없다고 생각하게 만든다. 하지만 솔직하게 쓰인 작품은 작품의 깊이나 무게를 배제하고 읽더라도 소통이 된다는 측면에서 시의 목적을 달성하게 만든다.

많은 분이 질문한다. 시에서 가장 중요한 것이 무엇인가요? 하는 질문이다. 묘사인가요? 이미지를 만드는 것인가요? 행간의 구성을 비틀어야 하나요? 등등의 질문을 받다 보면 가슴이 답답해진다. 묘사, 이미지, 구성, 비유, 은유, 환유, 제유, 주제, 소재, 모두 다 필요한 도구 들이다. 하지만 정작 중요한 것은 소통이다. 내가 느낀 어느 지점의 어느 감정과 감정에서 얻은 성찰의 공감을 같이 나누는 것이 가장 중요한 것이다. 살아간다는 것은 끊임없는 반성과 회한의 현재를 바탕으로 미래를 설계하거나 꿈꾸는 일이다. 돌아보지 않는 사람은 앞으로 나아갈 수 없는 법이다. 어쩌다 앞으로 나아가 본들 그 미래는 뻔하게 보이거나 읽히는 미래가 될 것이다. 가장 기본적인 소통이 되지 않는 작품은 읽는 것에 부담을 느낀다. 어제와 다른 오늘의 발전 속도가 초고속인 시대에 누가 머리 싸매며 시를 분석하고 이해하고 밑줄을 그으며 읽을 것인가? 한 달이면 수백여 권의 시집이 출간된다. 목차만 보기에도 골치 아픈 세상이다. 해석하고 분석하는 것은 이미 지나간 시대의 유물이 되었다. 김춘수 시인의 "꽃"에서와 같이 내가 그의 이름을 불러주었을 때 그는 내게로 와서 꽃이 되었다는 행간이 있다. 시집 속 작품을 읽고 그 작품 전문 혹은 일부, 혹은 단어 하나라도 나와 공감의 영역을 공유할 때 그래서 그 공감이 내게 큰 울림으로 다가와 나를 일깨워준다면 그것으로 시는 성공이라고 할 수 있을 것이다. 그것이 소통의 역할이다.

라현자 시인의 첫 번째 시집 원고를 받았다. 시조를 쓰신 분이라 시조집(갯메꽃)을 구해 먼저 일독을 했다. 햇살 같은 시인이라는 생각이 들었다. 양지에 제 그림자만 살짝 비추는 햇살이 아니라 음지에 따뜻한 몸을 내주는 둥근 햇살을 기억하게 만든다. 유년의 기억과 향수, 삶을 살아가는 시인의 자세와 더불어 종교적인 배려의 웅숭깊은 눈빛까지 읽을 수 있는 좋은 시조집으로 읽었다. 첫 번째 시집의 원고를 열 번 넘게 읽었다. 라현자 시인이 추구하는 삶의 방향과 시인이 세상을 바라보는 관점의 다양성과 곡진한 삶의 경험에서 우려낸 작품의 면면에 대한 답을 찾았다. 문학적 가치 혹은 문학적 질감을 논하기 이전에 필자가 발견한 것은 따뜻함과 배려다. 대상을 하나의 눈으로 보는 것이 아니라 겹눈으로 보았다는 것을 알았다. 겹눈은 육각형 모양을 가진 여러 개의 낱눈으로 이루어져 있는 절지동물의 눈을 말한다. 사물을 인지하고 색을 구별하는 기능을 수행한다. 라현자 시인의 눈은 겹눈이다. 세상을 바라보는 시선의 다양성과 깊이가 단순히 사물을 인지하는 것이 아닌, 색을 구별하는 것이 아닌, 새로운 각도를 발견하고 색의 질감을 개성 있게 만들어 내는 기능을 수행하고 있다는 것을 알았다. 그러면서도 모나거나 뾰족한 첨탑의 환상을 만들어 내는 것이 아니라 있는 그대로의 세상을 둥글게 보았다. 이 시집의 서평 제목 그대로(겹눈으로 바라본 둥근 세상)이다.

대상 혹은 현상을 바라보는 것은 누구나 하는 일이다. 하지만 어떻게 보는가? 에 대한 것은 분명하게 다른 일이다. 어떻게 하는 것에 답이 있다. 뾰족하게 바라보는 사람에겐 둥근 것도 뾰족하게 보이며 둥글게 보는 사람에게는 뾰족한 것도 둥글게 보일 수 있는 것이 시선이다. 많은 감각 기관 중에서 눈은 가장 먼저 판단을 하게 만드는 첨병 역할을 한다. 판단은 경험과 법칙과 연륜의 누적 결과물이다. 우리는 서로에게 기(氣)를 주거나 나누거나 받으며 산다. 어떤 기를 누구에게 어떻게 주느냐에 따라 세상은 충분히 달라질 수 있다.

라현자 시인의 기는 가장 먼저 따뜻함이다. 날 선 예리함이나 곡도(曲刀)의 사선을 갖고 있지 않다. 화려함이나 요란한 치장을 하지 않았다. 다만, 담담하게 가정(假定)할 수 있는 일에 대한 가정을, 때론 상심의 편린을 가감 없이 요리해 내는 솜씨가 탁월하다. 시 한 편에서 무엇을 얻어 낸다는 것은 매우 힘든 일이다. 하지만 자신의 마음을 독자와 서로 나눌 수 있다면 조금 더 시를 쓰는 일이 수월할 수 있다. 읽는 독자를 편안하게 만들어 주는 시집이 라현자의 『빨래를 널며』이다.

2. 둥근 세상의 이야기들

라현자 시인이 풀어놓은 세상의 이야기들을 몇 편 소개
하면서 그녀가 보는 둥근 이야기들을 음미해본다. 어떤
것에서 어떤 것을 보고 느낀 것인지 그 공감의 영역이 자
못 궁금해진다.

늘 무언가를 향해 달려가는 사람들
산 중턱이 목표가 되면
그 아래밖에 오르지 못하게 된다고
산 정상이 목표가 되어야
못가도 산 중턱은 간다는
수없이 들었던 그 말
삶은 늘
앞을 향해 위를 보고 가라고만 외친다

올려 보는 세상은
늘 고독한 패배자요. 초라하고 쓸쓸한 자리
지치고 곤비하여
모 아니면 도라는 파국에 이를 수도 있지

내려 보는 세상은
늘 만족한 승리자요. 장대하며 가난한 부자의 열심을 배우며
그렇게 자락자족하며

작고 소소한 행복을 맛보게 되지

벚꽃이 떠난 4월 어느 날
축축 늘어진 수양버들가지
그대가 내려다보는 유유자적한 세상이
심상치 않다

–「수양버들을 보면서」 전문

　살다 보면 쉬고 싶을 때가 있다. 좀 더 정확하게 말하면 내려놓고 싶을 때가 있다. 삶의 무게에서 나를, 내게서 나를 내려놓고 싶을 때, 그러나 정작 아무것도 내려놓지 못하는 나를 만날 때가 많다. 누구의 무엇이라는 관계가 나를 틀 속에 가두게 된다. 나는 내가 아닌, 누구의 엄마, 누구의 아내, 누구의 며느리라는 무수한 관계들, 경쟁이라는 치열한 줄달음을 하다 보면 목표라는 것의 틀 속에 가두어진 나를 만나게 된다. 그러면서 하나둘 내려놓는 것을 포기하거나 그만두게 만드는 것이 관계라는 틀이며 구성원이다. 그런 날의 한때, 냇가에 축축 늘어진 수양버들을 본다. 수양버들은 바쁘지 않다. 수양버들은 여유만만이다. 수양버들은 세상을 한없이 내려놓으며 산다. 위만 바라보며 나를 곤궁하게 만드는 것이 아니라 가끔 밑을 내려 보며 내가 나를 위안하게 만든다.

올려 보는 세상은
늘 고독한 패배자요, 초라하고 쓸쓸한 자리

내려 보는 세상은
늘 만족한 승리자요, 장대하며 가난한 부자의 열심을 배우며
그렇게 자락자족하며
작고 소소한 행복을 맛보게 되지

　올려다보며 사는 것이 경쟁 사회의 중요한 요소겠지만
피곤한 일이다. 비교한다는 것 자체가 내게서 나를 미안
하게 만드는 일이다. 때론 밑을 봐야 한다. 나보다 못한
혹은 나보다 힘든 다른 무엇에게 안식을 얻는다면 그것
이 진정한 행복의 척도이며 힐링의 방식이라는 것을 시인
은 말하고 있다. 화려한 벚꽃의 향연이 끝나고 물오른 가
지마다 길게 늘여 바닥을 보는 수양버들의 지혜에서 삶의
기본적인 방향을 읽는 시인의 눈이 따뜻하다.

이런 날이면
우렁각시 생각이 간절하다
우렁각시 생각을 하다가
불현듯 엄마 생각에 닿는다
휴일이든 명절이든 무슨 날이든
밤이 어찌 되던
새벽이 어찌 되던

흥청망청 마음의 나사들이 빠져서

캄캄한 밤을 하얗게 새며

식구들은 군기 빠진 채 밤을 새고 노는데

잠자는 숲속의 공주처럼 지쳐 곯아떨어질 때마다

서리가 사나워진 새벽 미명

군불 지펴 시원한 속풀이 국을 준비하시던

우렁각시가 엄마였음을…

속풀이 국 한 사발에 목메이는 아침

그 우렁각시가 시리도록 그립다

─「우렁각시」 전문

어머니라는 말은 그 단어 자체로 한 편의 시다. 세상에 어머니 없이 태어난 자식이 없으며 어머니 사랑을 받지 못한 자식은 없을 것이다. 젊은 시절엔 몰랐다. 어머니가 어머니인 것을. 나이 들어 내가 어머니가 되어보니 어머니는 어머니였다. 명절이나 어쩌다 가족 모임이라도 하게 되면 늘 뒤치다꺼리의 몫은 어머니였는데 그것을 인식하지 못한 우리는 즐거운 일과 놀이와 수다와 뭔가에 빠져 새벽을 밝혔다. 뜨끈한 방구들에 등을 대고 편한 잠자리에 들었던 자식들. 아침이면 당연하게 새로운 밥상이 올라오고 속풀이 국물을 아무 생각 없이 마시며 또다시 왁자지껄. 희생은 그런 것이다. 누군가가 편하면 누군가는 편한 것의 몇 배는 더 힘든 고생을 하는 것이 인지상정인 세상이다. 생각하기 쉽게 우렁각시라고 변명하며 살아온 세월이 부끄러워진다. 세상에 우렁각시는 없는데, 그 우렁각시가 어머니였는데 부러 외면하고 살아온 것은 아닌지? 삶을 되돌아보면 왜 그렇게 회한의 목소리만 커지는지.

서리가 사나워진 새벽 미명
군불 지펴 시원한 속풀이 국을 준비하시던
우렁각시가 엄마였음을
속풀이 국 한 사발에 목메이는 아침

후회는 빠를수록 좋다는 말이 있다. 모두의 우렁각시였던 어머니에게 이 시를 읽고 전화 한 번 드려보자 아직 받을 수 있다면. 내가 엄마가 되고 보니까 처음부터 엄마는 엄마였다고 그래서 당신의 말 없는 헌신을 먹고 이만큼 어른이 되었다고 전화 한 통 드리거나 찾아뵙거나, 이승에 안 계신다면 저 푸른 하늘에 편지 한 통 곱게 써서 부치거나. 기억해드린다는 것은 중요한 일이다. 잊거나 잊히거나가 아닌 영원히 살아있다는, 나와 더불어 세상을 살아간다는 말이다. 목메는 아침이다.

차를 타고 지나다가
경력자 우대라는 팻말 앞에 눈이 선다

겉절이고 소박이고 살짝 밑간을 하였다가
무치든, 버무리든 제 맛을 낼 수가 있는데
밑간이 틀어지고서야
어찌 제대로 맛을 낼 수 있으랴
경력자라 함은 밑간과 같은 거
한 번쯤 뒤집어졌을 거라는 기대치일 것이다

부안 어느 염전에서
인내와 끈기로 새로 태어난
뾰족뾰족 소금의 짠맛과 칼 같은 날카로움에
저리고 베인 아픔을 다 겪고
다시 태어난 부활과 같은 존재

밑간을 견디고 깨어난다는 것은
새로운 뒤집어질 일을 맞닥뜨려도
숨이 살아 다시 밭으로 갈 것도 아니요
풋내를 풀풀 풍겨서 일을 그르치지도 않을 것이기에
낯설지 않은 그 말, 경력자 우대 그러나

살림이 거덜 나면 봄에 소를 내다 팔듯
우선적으로 버림받아
또다시 잊혀야 할 슬픈 경력자!

–「경력자」 전문

경제 상황이 수년간 좋지 않았다. 2019년 겨울의 끝자락에서 시작한 코로나로 인해 더 많은 자영업자가 힘들어지고 경단녀, 경단남이라는 신조어들이 만들어졌다. 경력단절 여성이라는 말은 15~54세 기혼 여성 중 결혼, 임신 및 출산, 육아, 가족 돌봄 등등의 이유로 직장을 그만둔 여성이나 남성을 지칭하는 말이다. 경단녀도 문제지만 갈수록 취업 문이 좁아진 연유로 인하여 젊은 사람들이 취업할 곳이 현저하게 줄어든 것도 사실이다. 문제는 양쪽 모두가 취업이라는 관문을 통과하기가 쉽지 않은 현실이다. 청년은 청년대로, 경력자는 경력자대로 자신의 능력을 발휘할 곳이 없다는 말이다. 시인은 지나가다 경력자 우대라는 팻말을 보았다. 경력자! 말 그대로 어떤 일에 경험과 연륜이 쌓여 베테랑이라는 말이다. 시인은 경력자를 밑간이라고 생각했다. 밑간을 거쳐야 겉절이든 뭐든 깊은 맛이 살아나는 것에 빗대 경력자를 비유했다. 지난한 삶의 여정에서 한 번쯤 뒤집어졌을 거라는, 그것으로 인해 더 많은 위기를 극복할 수 있는 기대치를 요구하는 것이 경력자 우대일 것으로 생각한다.

겉절이고 소박이고 살짝 밑간을 하였다가
무치든, 버무리든 제 맛을 낼 수가 있는데

밑간을 견디고 깨어난다는 것은

새로운 뒤집어질 일을 맞닥뜨려도
숨이 살아 다시 밭으로 갈 것도 아니요
풋내를 풀풀 풍겨서 일을 그르치지도 않을 것이기에
낯설지 않은 그 말, 경력자 우대 그러나

하지만 그 모든 미사여구를 경력자 우대에 갖다 붙여도
결국 가장 먼저 버림받을 신세라는 것을 본다. 경력자가
우대받는 것도 사실이지만 상황이 안 좋아지면 가장 먼저
내치는 것 역시 경력자라는 우대의 이중성을 시인은 말하
고 있다. 세상은 늘 양면을 갖고 공존한다. 아픔과 기쁨은
동시에 오는 것이며, 이별과 만남은 같은 궤도를 돌고 있
는 것이 인생이다. 라현자 시인이 가진 겹눈은 경력자 우
대의 우대가 가진 이면의 진실을 먼저 보고 있다. 하지만
그것조차도 한없이 둥글게 보고 있다. 경력자 우대의 현
실과 뒷면을 담담하게 인정하고 있다. 뒷면부터 보고 암
울한 것이 아니라 앞면의 우대를 먼저 생각하고 뒷면을
받아들이는 자세야말로 삶을 살아가는 근본적인 지혜일
것이다.

제주도 돌담처럼
바람이 갈 길을 터주듯
불행이 나갈 길을 터주며 살자

그 하얀 속살에

생긴 대로 구멍 뚫린 연근처럼
행복이 들어올 길을 터주며 살자

어린 시절 잠에서 깨면
어느새 물꼬를 터주고 오신
아버지 손에 들린 삽 한 자루
벼도 나도
그 터 주신 은덕으로 크고 자랐다

바닥에 구멍 뚫린
떡시루를 보라
채우고 채우다 터지는 것보다
터주고 터주다 떡이 쪄지듯

그렇게 살자
그렇게 터주며 살자

–「그렇게 살자」 전문

    삶은 길을 만드는 것이다. 수없이 많은 길을 만들며 사는 것이 인생이라고 한다. 때론 막히는 길 앞에서 좌절할 때도 있지만, 일방통행이라는 푯말 앞에서 멈춰 설 때도 있지만, 어떻게든 길을 만들어 내는 것이 사람이다. 터준다는 말이 있다. 막힌 부분을 터 주어야 흐름이 원활해

지고 자연스럽게 이어지는 법이다. 세상엔 길을 막는 사람과 길을 터주는 사람이 있다. 두 가지 경우의 수는 다르지만 막는 사람과 터주는 사람 중 선택하라면 터 주는 사람을 선택하고 싶다. 터주는 사람이 길을 만드는 사람이다. 한쪽 방향에 안주하며 산다는 것, 한 가지 방식으로 구태의연하게 사는 것은 자칫 독선과 아집의 표상으로 보일 수 있다. 양보와 배려라는 말이 무색할 정도로 혼자만의 길을 가는 사람도 많은 세상이다. 어린 시절 잠결에 얼핏 들려오는 아버지의 발소리는 어느새 물꼬를 터주고 오시는 길을 만든 아버지의 소리다. 삽 한 자루를 들고 새벽여명을 등에 지고 그 새벽을 돌아오는 아버지의 얼굴은 온통 빛이었다. 그 삽 한 자루로 밤새 터준 물꼬가 가을 들판에 벼를 익혔고 라현자 시인의 가족들에게 사랑과 생명을 주었다. 산다는 것은 누군가에게 물꼬를 터주는 일이다. 가끔은 막힌 길 앞에서 나도 모를 좌절에 빠져 휘청거릴 때 물꼬라는 말을 기억해보자. 그 말속에는 아버지와 나의 기억과 가족이라는 대명제 앞에서 늘 뒤에 숨어있는 희생이라는 부표가 떠 있음을 기억하자. 나 역시 우리 가족의 막힌 길을 뚫고 있는 아버지의 모습을 닮아가고 있는 것인지도 모른다.

바닥에 구멍 뚫린
떡시루를 보라
채우고 채우다 터지는 것보다

터주고 터주다 떡이 쩌지듯

그렇게 살자
그렇게 터주며 살자

　아주 좋은 비유를 했다. 떡시루에 숭숭 구멍 뚫린 것, 그 구멍의 역할은 떡이 잘 쩌지도록 길을 내어주는 것이다. 뜨거운 김이 지나가는 길, 덜 익은 떡이 잘 익을 수 있도록 숨구멍을 내준 것이다. 가두어 둔다고 잘 쩌지는 것이 아니다. 마냥 찐다고 잘 쩌지는 것이 아니다. 적당히 지나갈 수 있는 길을 만들어줘야 잘 쩌지는 것을 우리는 순환(循環)이라고 말하고 싶다. 순환은 어떤 현상이나 일련의 과정이 주기적으로 반복되거나 되풀이하여 돌아가는 것을 말한다. 순환은 어떤 의미에서 섭리(攝理)의 부분집합이라고 할 수 있다. 자연의 모든 현상은 순환을 바탕으로 섭리처럼 이루어지는 것이 가장 자연스러운 법이다. 결구의 말처럼 그렇게 살자. 그렇게 터주며 살자는 마음이 라현자 시인이 세상을 사는 방법이며 정답일 것이다.

　5월, 가슴에 피울 카네이션 한창이던 무렵
　어머니, 카네이션보다 먼저 가신 그 후
　손안에 한가득 카네이션꽃 피울
　어머니 가슴팍이 그리워
　생시가 아니기를

차라리 현실이 꿈이 되기를
백 번이고 천 번이고 바라고 바랐건만
어머니,
단아하게 앉아서 뜨개질하던 방 한 귀퉁이
뜨개실도 대바늘도 여전한데
닿으려 닿으려고 손을 뻗어 내밀어 보아도, 어머니
환영처럼 거울에 비친 눈에 선한 그 모습
박처럼 텅 빈 이 가슴에
흙으로 질그릇을 빚어 어머니를 품고 살래요
내가 깨어지고 나를 죽이고 살려고 하는 것은

내 안에 계실 어머니의 미소 때문이어요

－「가신 그 후 이 가슴엔」 전문

그리움은 평생 짊어지고 사는 그림자와 같은 것이다. 부
모에 대한 그리움은 지울 수도 없고 지워지지도 않는 색
감과 흔적으로 남아 있는 법이다. 해마다 5월이면 어버이
날을 제정하여 부모에 대한 효도를 외치지만 정작 효도를
드릴 대상이 지금 없다면 그마저 무색해진다. 삶은 잊거
나 잊히거나 하며 사는 것이다. 내게서 잊힌다는 것은 실
존이 아닐 것이다. 생전에 어머니가 사용하던 대바늘과
뜨개실을 보며 그 그리움의 한끝을 쥐고 있는 것은 어버
이날이 중요한 것이 아니라 어버이를 그리워하는 매일이

중요하다는 것을 말하는 것이다. 어머니를 품에 안고 산다는 시인의 말은 그리움의 끝을 놓지 않는다는 말이다. 내 안에 늘 존재하며 같이 부대끼며 살고 계시는 어머니. 어쩌면 시를 쓰는 이유는 그런 회한의 순간들을 기억하고 다짐하고 보듬어 안는 것에서 비롯되는 그리움의 또 다른 서사라는 생각이 든다.

내 안에 계실 어머니의 미소 때문이어요

미소라는 단어에 주목해 본다. 내 안에 존재하는 어머니의 미소. 그 미소를 생각하며 살면 나 역시 타인에게 미소가 되어 사는 법이다. 자식에게 남편에게 이웃에게 관계와 관계로 비롯된 모두의 가슴에 미소로 존재하는 내가 되어야 한다는 생각이 들 것이다. 내 안에 살고 계시는 어머니의 미소가 지금의 나를 미소 짓게 하듯, 나 역시 누군가에게 미소를 만들 수 있는 미소로 살아가는 법을 배워야 한다는 것을 라현자 시인은 말하고 있다.

외로이 짓밟히면서 괴롭게 감당하다가
캄캄한 방구석에 웅크린 작은 새
세상에 내 편은 전혀 없는
무리 속에서 철저하게도 따돌려진
그 이름

왜 저여만 하나요

신을 향해 울부짖어봐도

영혼을 옭아매듯 죽음의 검은 그림자만 다가오고

기억 속 고통의 바다는 너무 깊고 너무 아득해

주홍글씨 같은 낙인처럼

지워지지도

삭제되지도 않으면서

때마다 멍울 되어 욱신거리는데

철없을 때 그럴 수도 있지 라는 새털처럼 가벼운 그런 말

맞은 놈은 펴고 자고 때린 놈은 오그리고 잔다고도 하던데

미움을 받는 일보다 미워하는 일이 갑절 더 힘든 걸

우리를 불쌍히 여기시고

우리가 우리에게 죄지은 자를 사하여준 것같이

우리 죄를 용서하시는

신이 주신 미쁜 세상 아름답게 보존되길

두 손 모아 기도하며 또 기도하다가….

고개 들어 바라본

별도 달도 아름다운 찬연한 이 밤

−「용서」 전문

신앙은 때때로 삶을 정화해 주는 역할을 한다. 사람이 모든 것을 잘할 수 없는 것과 늘 실수하며 산다는 것은 같은 말의 이분법적인 활용이다. 때때로 우린 함석헌 시인의 골방과 같은 골방을 갖고 싶어 한다. 이 세상의 소리가 들리지 않는 골방에서 홀로 삭이며 홀로 소설을 쓰며 홀로 어둠을 배경으로 풍경이 되어 살고 싶을 때가 있다. 살다 보면 이유 없이 외로울 때가 있다. 감각의 마디가 주저앉아 무감각해질 때가 있다. 이유 없이 미워질 때가 있으며 조건 없이 보기 싫을 때가 있다. 내가 나를, 내가 너를, 신에게서 내가, 그 모든 관계에서 비롯된 내가 만든 단절은 나를 더욱 단절하게 만드는 악순환을 되풀이할 때가 있다. 그럴 때마다 성경의 한 구절을 떠올려보자. 우리가 우리에게 죄지은 자를 사하여 준 것 같이 우리의 죄를 용서하여(하략). 매우 중요한 말이다.

이향봉 스님의 수상록의 한 귀퉁이에 이런 말이 적혀있다. 사랑하고 이해하고 용서하며 살자. 쉬운 말이다. 사랑하는 일, 이해하는 일, 용서하는 일. 하지만 실천하기에는 대단히 어려운 말이다. 조건이나 계산이나 이해득실에 따라 우리는 사랑하는 일의 절반 이상을 사랑하지 못하며, 이해하는 일에 인색하며 용서하는 일에 거부감부터 갖고 사는 것이 인생인지도 모른다. 성경 말씀에 우리가 우리에게 죄지은 자를 사하여 준 것 같이 라는 말은 대승적이며 포괄적인 용서의 의미를 담고 있다. 사람이 사람에게 실수할 수 있으며 죄지을 수 있다. 중요한 것은 그 실수와

죄를 용서해 주는 일이다.

<u>미움을 받는 일보다 미워하는 일이 갑절 더 힘든 걸</u>

　미워하는 일의 반대편에 있는 것은 용서다. 가장 쉬운 단어이면서 가장 어려운 단어다. 삶의 뒤안길을 보면서 우리는 얼마나 용서를 받았는지? 아니 용서를 해 주었는지 헤아려 보자. 어쩌면 우린 용서 받는 것에 익숙해져서 용서하는 것을 못 하는 것인지도 모른다. 받는 것에 익숙해서 주는 것을 못 하는 삶이란 반성과 성찰의 대상이 되어야 한다. 최소한 내가 용서받은 만큼, 아니 단 한 번의 용서도 받지 못했다 해도 더 많은 용서를 할 수 있다면 그것이 진정 우리가 꿈꾸는 세상이라는 생각이 든다. 미움을 받는 일보다 미워하는 일이 갑절 더 힘든 것을 알면 용서를 행할 수 있다. 더 많은 용서가 필요한 요즘이다. 각박한 세상을 따뜻하게 데우는 것은 온기와 햇살만이 아니다. 용서라는 조미료가 첨가되어야 살맛이 나는 것이 세상이라는 것을 라현자 시인이 말하고 있다.

　3. 맺으며

　시는 언술 행위가 아니다. 시는 표현이며 그림이며 창조의 부산물이다. 잃어버린 퍼즐의 조각을 찾아 전체의 퍼

즐을 완성하는 것이다. 그 퍼즐의 큰 제목은 삶이다. 삶을 영위한다는 것은 무수하게 많은 생각과 반성과 성찰이 동행해야 하는 일이다. 붓을 들고 허공에 채색할지라도 그 붓을 쥔 손에 힘이 있어야 하며 밑그림이 있어야 한다. 때론 질박하지만, 때론 거친 반항과 해학까지도 모두 그려 모아 나만의 그림을 완성하는 일. 어쩌면 시를 쓰는 것은 그런 하나의 내 그림을 완성하는 일인지도 모른다.

라현자 시인의 작품의 표피는 다소 거칠면서도 내면에 품고 있는 온기는 따듯함으로 가득 차 있다. 독자가 되어 시를 읽는 것은 글을 읽는 것이 아니라 마음을 읽는 것이다. 읽고 공감하고 나누며 사는 것이 시집을 읽는 이유가 되어야 한다. 일차원의 표면이 아닌, 삼차원의 입체를 읽어내는 것이 즐겁다. 2021년의 가을이다. 이 가을의 끝자락에 라현자 시인을 만나기 위해 시집을 읽는 것은 또 다른 내면의 나를 정갈하게 다듬는 일종의 묵언 수행과 같은 오랜 침묵 속의 나를 만나는 것이라는 생각이 든다. 오래도록 기억되는 시집이 되길 기대하며 「상원사 가는 길」의 전문을 인용하며 맺는다.

여기까지 오는데 걸린 무수한 시간
은혜를 모르고
은혜를 저버리고
때로는 은혜를 입고만 사느라 걸렸을 시간들
한낱 미물인 꿩도 그 빚을 갚고자

한목숨 다하여 종을 쳤다는
전설이 숨 쉬는 상원사 가는 길
잦아지는 숨소리 뒤
은혜라는 글자를 한 발 한 발 밟으며 걷는 비탈길
가다 서다를 반복하는 좁은 등산로 너머
빨리 와요 다 왔어요 반복되는 수십 번의 거짓말
거짓말에 화가 날 정도가 되면
그대 서 있는 그곳은 낙원!

은혜를 입으면 갑절로 갚아야 한다는 데
수십 번의 거짓말을 갑절로 어찌 갚을까

—「상원사 가는 길」 전문

빨래를 널며
라현자 지음

발 행 처 · 도서출판 **청어**
발 행 인 · 이영철
영   업 · 이동호
홍   보 · 천성래
기   획 · 남기환
편   집 · 방세화
디 자 인 · 이수빈 | 김영은
제작이사 · 공병한
인   쇄 · 두리터

등   록 · 1999년 5월 3일
(제321-3210000251001999000063호)

1판 1쇄 발행 · 2021년 11월 20일

주소 · 서울특별시 서초구 남부순환로 364길 8-15 동일빌딩 2층
대표전화 · 02-586-0477
팩시밀리 · 0303-0942-0478

홈페이지 · www.chungeobook.com
E-mail · ppi20@hanmail.net
ISBN · 979-11-5860-991-7(03810)